谷川俊太郎《詩集》を読む

山田兼士

思潮社

谷川俊太郎全《詩集》を読む

山田兼士

思潮社

序

本書では谷川俊太郎のこれまでの全《詩集》を刊行順に（ただし二番目の『十八歳』だけは例外的に書かれた時期による）紹介していこうと思う。「全詩」ではなく「全《詩集》」であることに留意いただきたい。著者としては、各詩集をできるだけ新鮮な視点から、例えば新刊詩集のレビューのようなつもりで、鑑賞していきたいと考えている。

谷川俊太郎がこれまでに刊行してきた詩集は、一九五二年の『二十億光年の孤独』から二〇二一年の『虚空へ』まで、ほぼ六十六冊にのぼる。この数字は、アンソロジーや文庫本、二次使用などをのぞいたオリジナル単行本詩集の数である。したがって、全詩集や文庫版詩集の類に加えられた書き下ろし新作は含まない。ただし、『祈らなくていいのか』のように、アンソロジーではあるが書き下ろし一章分が新詩集一冊分にあたると判断した場合は詩集として取り上げた。また、「対詩」は二冊のうち一冊を含むが「連詩」は含まないなど、個人的判断が多少入り込まざるを得なかったことを断っておく。歌詞集についても同様に、《詩集》と判断したものについては加えている。私なりの判断による六十六冊の全《詩集》である。

長らく、本格的に論じられることが比較的少なかった谷川作品だが、この十年ほどで状況はかなり変化した。北川透、田原、四元康祐による谷川論に加えて、私自身『谷川俊太郎の詩学』（思潮社、二〇一〇）をはじめ少なからぬ分量の谷川論を発表してきた。だが、あまりに広大な谷川宇宙を十分に精査したとはとても言い難い現状だ。特に、一冊ごとの作品論については未だ氷山の一角にしか触れていない。本書では、各詩集をできる限り精査し、要点をまとめることで、谷川作品の全体像を、少なくともその輪郭ぐらいは描き出したいと考えている。

実は「谷川俊太郎全《詩集》を読む」の企画は、私自身初めてではない。大阪芸術大学文芸学科の学生たちによる「谷川俊太郎全詩集ブックレビュー」を二冊の単行本『谷川俊太郎《詩》を読む』（澪標、二〇〇四年）、『谷川俊太郎《詩の半世紀》を読む』（同、二〇〇五年。共に谷川俊太郎・田原他著）に分けて収録している。一二年間に渡ってゼミ生たちを指導して実現した企画である。この時点で全《詩集》は五十冊ほどだった。この十三年の間に新刊詩集が十五冊ほど加わったわけだ。今回は単独作業による谷川作品世界周遊を試みることになる。読者諸氏の同行を切に願いたい。

目次

二十一世紀の詩学　2000 - 2009

未来の詩人の行方　2010 - 2021

谷川俊太郎全《詩集》を読む

装幀　山田聖士

はるかな国から詩の前線へ　1952 - 1969

二十億光年の孤独

1952

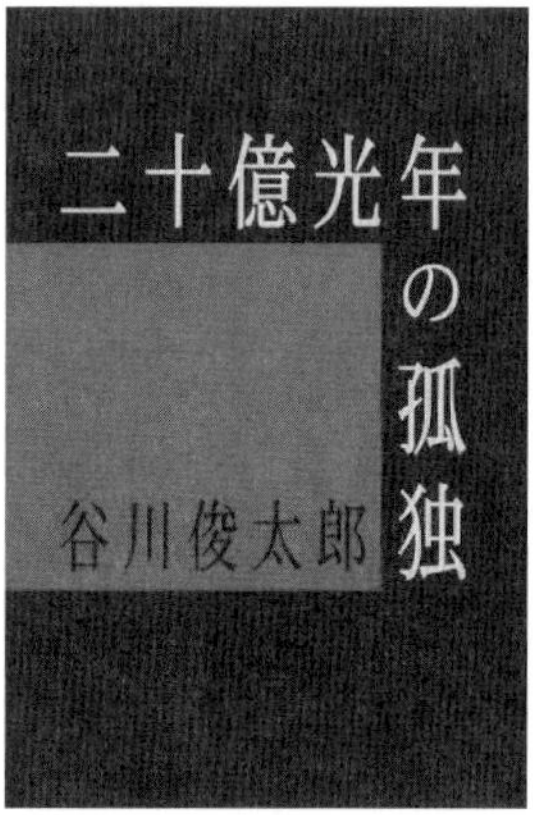

　高校卒業後の息子の行く末を案じた父谷川徹三が、息子のノートに記された詩を三好達治に読ませたことから詩集刊行に至った経緯は、谷川俊太郎自身によって何度か語られている。詩集巻頭に収められた三好達治の「はるかな国から　——序にかえて」がすでに、この詩人の〈異邦人〉性を、更に詩集表題作が〈宇宙的〉孤独のイメージを決定づけたといっていい。この前年、谷川の盟友北川幸比古が、同じく谷川徹三の推挙によって、堀口大學の「序」を冠した第一詩集『草色の歌』を刊行しており、巻末には谷川俊太郎による「跋」が収録されていたことも、この際想起しておきたい。青春期における両詩人の相互影響は今後の研究テーマの一つになり得るだろう。

　詩集「あとがき」には三好達治への謝辞と共に「一九四九年冬から一九五一年春頃までの作品から選んだ」と記されているので、ほぼ十八歳から十九歳までの作であることが分かる（刊行は二十歳時）。巻頭作品「生長」を見ておこう。

三才
私に過去はなかつた

五才
私の過去は昨日まで

七才
私の過去はちよんまげまで
十一才
私の過去は恐竜まで
十四才
私の過去は教科書どおり
十六才
私は過去の無限をこわごわみつめ
十八才
私は時の何かを知らない
（全行）

「成長」ではなく「生長」という表記に、自然と交感し宇宙と共鳴する詩人の瑞々しい意志が込められている。十六歳までの「過去」の加速度的増殖の認識と、その先にある現在の不可知性への怯えをさりげなく綴った、未だ少年と呼ぶべき魂の自画像だ。

鮮烈にして清新な第一詩集にはすでに、モダニズム、イマジズム、シュルレアリスム等、以後の谷川作品を特徴付けていくあらゆる要素の芽生えと、短詩、長詩、組詩、散文詩等あらゆる手法が確認できる。表題作の他に、隣家の犬の死をテーマにして青春の生命力を謳歌した「ネロ」や、ほぼ無意識裡に書かれたために幾通りもの解釈を促さずにおかない「かなしみ」などが際立っているが、ここでは、総ひらがな詩「はる」を引用しておく。

はなをこえて
しろいくもが
くもをこえて

ふかいそらが

はなをこえ
くもをこえ
そらをこえ
わたしはいつまでものぼつてゆける

はるのひととき
わたしはかみさまと
しずかなはなしをした

（全行）

（創元社、一九五二年）

どこまでも上昇し神様と「しずかなはなし」をするほどの高揚感は、青春の意欲と自信の表れだろうか。それとも俗世における孤独と不安の裏返しだろうか。総ひらがなの表記が、大人になる直前の詩人の魂の揺れ震えを示唆しているように思われてならない。

戦後七年という荒地に突然現れた、百花繚乱と呼ぶべき孤独の園は、すでに遠い未来を暗示しているかのようだ。

十八歳

1993

表題通り十八歳時の頃の作品群で、『二十億光年の孤独』に収録されなかった六十三篇。いわゆる拾遺詩集だが、『二十億光年』の姉妹作と呼ぶべき作品群で、素朴で繊細、かつ瑞々しい少年の息づかいが凝縮した一冊であることに変わりはない。巻末近くに置かれた「夢」を引用する。

夜
古い記憶が
僕の夢を織った

それで夢は深い所へおちて行った

ながい間
雨は降り続き

小さな蹉《さ》跌《てつ》にも
僕はやさしい言葉をもとめている

（全行）

短いながらモンタージュ風のイメージ連鎖が鮮烈な作品だ。四行目における突然の切り返し、長雨から蹉跌、言葉へと連なるパラダイムの鮮やかさ、長短の行を使い分ける独自のリズム、と、モダニズム風の短詩の魅力が凝縮した一篇といえるだろう。

谷川さんは初期作品を振り返って、岩佐東一郎の影響をしばしば口に出しているが、たとえば、『十八歳』巻末作品「葉書」――

謹啓
五月の午前はうす色のネクタイであって
僕もそれをしめたからには
もう夜を忘れねばならない
しかし僕には熱があるので
五月の海を飲めぬ
そこで僕は五月の雲をよく嚙んで食べた　（全行）

――これを岩佐東一郎の代表作の一つである「初夏」と比べてみよう。

明るい正午の光線が
青葉の庭を水族館にした
さしづめ子供たちは目高で
女房は針魚　山椒魚は僕かな

思ひ思ひのパンセの泡を立てて
ひつそりと然も賑やかに居る

樹上の植木屋の木鋏がちかりちかりと時刻を切る

いつか眠りかけた僕の瞳は
青空に大きな軍艦を描いた
（詩集『春秋』一九四一年、所収）

岩佐作品と谷川作品との間がわずか十年ほどであることに、あらためて驚かずにはいられない。五月の日差しの磊落な表現、その情景を喩える岩佐の「水族館」と谷川の「五月の海」、それに淡々とした口調で表される乾いた抒情に、両者の類縁性は明らかだ。ただ、谷川詩の最終行が、岩佐詩にない新奇な身体性を示していることには注目すべきだろう。詩集中には、時に情念の空回り的な（若さゆえの）性急な詩篇もあるが、時代を考えればこの健全さは驚きだ。

　本詩集は、執筆時から四十年以上を経て、一九九三年に刊行された。『世間知ラズ』のわずか一ヶ月前である。日常生活の上でも作品創造の上でも、ある種の閉塞感や疑念が著しく強まった時期で、この後、詩人はいわゆる「沈黙の十年」に入っていく。

　この点を考えると、最初詩作ノートに書き写され本詩集巻末に置かれた宮澤賢治「銀河鉄道の夜」の一節——「何かいろいろのものが一ぺんにジョバンニの胸に集って／何とも云へずかなしいやうな新らしいやうな気がするのでした」（初期形にのみ表れて後期形では書き換えられた）——が、重要な意味を帯びてくる。還暦を過ぎてなお、詩人の内面に住み着いている少年性を確認するための出版だったわけだ。

（東京書籍、一九九三年）

62のソネット

1953

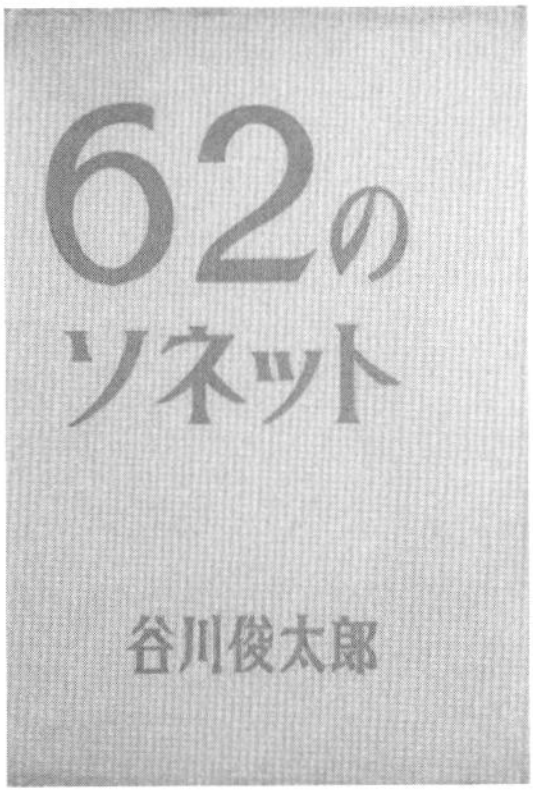

二十一歳の青年にとって世界は詩に溢れている。空に地に樹に舞い飛ぶ電波をラジオが捕らえるように、彼は詩を受信する装置となる。無限に入ってくる詩を彼は十四行というカンバスに素早くデッサンする方法を編み出した。感受性の饗宴の始まりだ。

だが、そんな青春の書の中にも、第一詩集にはなかった、言葉への疑念や不信が垣間見られることに注意しなければならない。それはまた、大人への入り口で佇む青年詩人の本音でもある。

私が歌うと
世界は歌の中で傷つく
私は世界を歌わせようと試みる
だが世界は黙つている
（中略）
かれらはものの中に逃げようとする
だが言葉たちは
世界を愛することが出来ない

かれらは私を呪いながら
星空に奪われて死んでしまう
——私はかれらの骸《むくろ》を売る
（「57」）

「歌」論であり「言葉」論でもあるこの作品が谷川俊

太郎の「詩への疑念」の最初の告白だ。「言葉たち」の「骸」としての詩を彼は「売る」という。この疑念が詩人の批評精神を駆り立てることで「詩とは何か」の探究が始まる。

全三章のうち各詩篇に題名のついた「I」章では、二十四篇中十四篇に「心」が用いられている。ソネットという形式名をタイトルに用いているが、内容的に見るなら、本作は『心』と題されていたとしても不思議ではない。「20　心について」を挙げておく

私は生きることに親しくなつていつた
私は姿ばかりを信じ続けて
心について何ひとつ知らないのだつたが
それがかえつて私の孤独を明るくした

私はむしろ心に疲れていたのかもしれぬ
もろもろの姿の毅然としたひろがり
それらは心よりもきつぱりと
時を生き　所を占める

今　私に歌がない
私は星々と同じ生まれだ
私は心をもたぬものの子だ

だがその時突然私に心が還つてくる
私の姿が醜い故に？
いやむしろ世界の姿があまりに美しい故に　（全行）

青年の心の痛みが鋭い切実さをもって迫ってくるが、未だ暗さや苦しさとは無縁である。心についての無知はかえって「私の孤独を明るく」するものだし、心よりむしろ「姿」を重視する非情は後の「ノンセルフ」の思想を先取りしている。心には何一つかたちが与えられず、一切は問いのかたちで読者に投げかけられて

いる。もちろん、その読者のうちのひとりは詩人自身だ。自らの問いに対して答えを求めようとする切実かつ磊落な求道者は、この後、六十余年の歳月をかけて様々なかたちで〈回答〉を連ねていく。最後に巻末のソネットを挙げておこう。

世界が私を愛してくれるので
（むごい仕方でまた時に
やさしい仕方で）
私はいつまでも孤りでいられる

私に始めてひとりのひとが与えられた時にも
私はただ世界の物音ばかりを聴いていた
私には単純な悲しみと喜びだけが明らかだ
私はいつも世界のものだから

空に樹にひとに
私は自らを投げかける
やがて世界の豊かさそのものとなるために

……私はひとを呼ぶ
すると世界がふり向く
そして私がいなくなる

（「62」全行）

世界に単独で立ち向かう青年は、次第に「ひと」や「自ら」との対峙の中で様々な道具や武器を獲得し、より意識的かつ方法的詩人へと変容していく。詩論詩人の誕生だ。

（創元社、一九五二年）

愛について

1955

世界と女と自分と、葛藤する二十代前半の青年詩人が、鮮烈な感性をもって書き記した「愛」の作品集。「空の詩人」の誕生を告げる作品群もあれば、宇宙人的感性を示す「地球へのピクニック」等もあり、多様な主題系を空、地、ひと、人々、他の五章にまとめた一冊だ。

私生活の上では、一九五四年に最初の結婚、別居、離婚により愛の成就と挫折を味わった時期で、その影響が色濃く表れた作品に特徴が見られる。まず、「夕方」に始まり「夕暮」に終わる詩集の構成、それに「夕暮」と題された作品が三篇あることに注目したい。

誰もいない隣の部屋で
誰かが呼んでいるまるで僕のように

僕は急に扉を開ける
こつちは暗いのに
そこには明るく陽が射していて
たつた今誰かが立ち去つたところらしく
影がちらと目をかすめる
だが僕が追うともう誰もいず
あたり前な夕方になる

花瓶には埃がつもつている

窓を開けると空が明るくそこでも……
誰かが呼んでいる僕のように
（「夕方」全行）

「誰かが呼んでいる（まるで）僕のように」といういささか収まりの悪いフレーズを二度繰り返すことで、微妙な違和感（存在の異和）をビブラートのように響かせているのが特徴だが、もしかすると別居中の無聊が背景にあったのかもしれない。夕暮れ時の不安定な寂寥感は不穏な分身の気配をも感じさせている。

前詩集がソネットという単一の形式で貫かれていたのとは対照的に、本詩集では多様な様式が試みられ、以後の展開をうかがわせるいくつもの要素を見出すことができる。挽歌や相聞歌のスタイル、クレーの絵画やケージの音楽との対話、悪漢ビリイ・ザ・キッドへのオマージュ、物語的な亜散文詩など、思う存分に想像の翼を各方面にのばしているようでもあり、青春期の迷いによる試行錯誤の結果のようにも見える。早熟の詩人が早くも黄昏の憂愁の中をさまよい始めているかのようでもある。朝や昼の情景も歌われてはいるのだが、全体のトーンはやはり夕暮れ時の寂寥と哀愁にあるようだ。夕方に始まっていくつかの夕暮を経て最後はやはり夕暮で終わる、という構成は、詩人として初めて味わった（失敗とはいわないまでも）深刻な蹉跌の表れと見られるのである。詩集中盤に置かれた「夕暮」を見ておこう。

死者のむかえる夜のために
今日残されたものはひとつの夕暮
うす闇に
しばらくはふりかえるひとのうなじ
貧しい者の明日のために
今日残されたものはひとつの夕暮
手をつなぎ

家路をたどる子等の歌

（全行）

プレヴェールを思わせる歌謡《シャンソン》風の作品だが、各連の一、二、三行目がそれぞれ音数をそろえているのに対し、四行目のみが不揃いになっているのは、なんらかの意識の揺れのせいかもしれない。この揺れを最も雄弁に語っている作品は全二十一行がすべて「私は倦いた」で書き出される「無題」だが、このリフレインからは早くも詩人が陥った倦怠《アンニュイ》の響きが聞き取れるのではないだろうか。

私は倦いた
私は倦いた　我が肉に
私は倦いた　茶碗に旗に歩道に鳩に
私は倦いた　柔く長い髪に
私は倦いた　朝の手品夜の手品に
私は倦いた　我が心に

（「無題」冒頭部分）

全二十一行すべてで「私は倦いた」を繰り返す執拗なリズムは、青年特有の焦燥とそれゆえの倦怠を、形の上でも内容の上でも、素直に正確に映し出している。この直截さは青年詩人特有のものといえるだろうが、もちろんそれは創造的な倦怠《アンニュイ》でもあった。巻末作品「夕暮」の冒頭を引いておこう。

夕暮は大きな書物だ
すべてがそこに書いてある
始まることや
終ることや——
始まりも終りもしない頁の中に
「大きな書物」とは、以後書き継がれていく膨大な作品群の喩にほかならなかった。
（東京創元社、一九五五年）

絵本

1956

詩集『絵本』は、詩人で谷川の友人でもある北川幸比古が経営する的場書房から刊行された。詩十七篇に著者自身による写真二十葉を付した写真詩集である。縦二四センチ横二五・六センチ、全四〇ページ、定価六〇〇円。発売前に作成された注文用往復葉書によると、限定三〇〇部で番号と書名入り、「言葉とのアルス・アマトリア」とのコピーがある。著者による最初のコラボレーション作品であり（といっても自己コラボだが）、現在まで刊行されている六十六冊ほどの詩集の中で唯一の自費出版物でもある。後に刊行を重ねていく写真詩集の原点というべき作品でもある。巻頭作を引用する。

生かす
六月の百合の花が私を生かす
死んだ魚が生かす
雨に濡れた仔犬が
その日の夕焼が私を生かす
生かす
忘れられぬ記憶が生かす
死神が私を生かす
生かす
ふとふりむいた一つの顔が私を生かす
愛は盲目の蛇

ねじれた臍の緒
赤錆びた鎖
仔犬の腕
（「生きる」全行）

作品の左頁にはふたりの（おそらく男女の）腕が交叉している写真が置かれているが、詩の内容と直接的な関係はない。想像できるのは、後半にあらわれる「愛は」以下の四つの名詞「盲目の蛇／ねじれた臍の緒／赤錆びた鎖／仔犬の腕」が凝縮したイメージとして示されている、ということだ。交叉した先で手首が互いの指先を求め合うような方向に曲げられている形は二匹の蛇のようであり、ねじれていて、鎖のようで、さらに「仔犬の腕」のようでもある。「仔犬の腕」というのは華奢で無垢な腕、というほどの意味だろうか。

詩「生きる」に付された写真の手の表情は非常に印象的なものだ。この手こそが実は詩集『絵本』の隠れたライトモチーフであることに気づくのにそれほど時間はかからない。というのも、全十七篇の詩にそれぞれ付された写真（一篇のみ写真が二葉）、それに扉と表紙を含めて全部で二十葉の写真がすべて手をモチーフにしているからだ。

八月は夢見ぬ月
僕は見た
どこまでも青い海と
陽に焦げた女の腿
僕は見たのだ
陽が移り
風の渚をわたつてゆくのを
それから
僕の血と海と夜とは
同じ匂いがし始めた
そのほかには何も無く
そのほかには

何も
無く
八月は
この星の栄光で一杯だつた

（「八月」全行）

こちらの写真では、水辺に置かれた手が「八月」の印象を象徴的に表している。「どこまでも青い海」を表すのに大海原ではなく波打ち際の漣と手の甲をもってするのは、部分で全体を表す換喩の手法だが、そのミニマルな表現法が詩作品に親しみやすい印象を与えているように思う。「女の腿」「風の渚」「僕の血と海と夜」それにとりわけ「この星の栄光」といった瑞々しい抒情表現、言い換えればいかにも「詩的」な表現に、より暗示的で間接的な印象を演出するのが波打ち際の手の写真である。

詩集『絵本』では、詩と写真は互いにイメージを補足し合い強化し合い、さらには対話し合うことで、より多様で立体的な「詩」を生成せしめている。二十歳代半ばで谷川俊太郎が確立したこうした立体詩法は、以後の作品の中で直接間接に独自の発展を遂げて、谷川世界をいよいよ豊かに繰り広げていくことになる。

（的場書房、一九五六年。澪標、二〇一〇年、復刻普及版）

あなたに

1960

初版表紙カバーには表に生まれたばかりの赤ん坊と妻、裏には両親の写真が掲げられていて、「あなた」が直接的には家族の四人各々であることを示唆している。二度目の結婚をして長男が生まれ、ひとまず穏やかな新生活の中で生まれた作品群といえるだろうが、その内容は決して単純なものではない。まず詩集巻頭作品「悲しみは」を引用する。

悲しみは
むきかけのりんご
比喩ではなく
詩ではなく
ただそこに在る
むきかけのりんご
悲しみは
ただそこに在る
ただそこに在る
昨日の夕刊
ただそこに在る
熱い乳房
ただそこに在る
夕暮
悲しみは
言葉を離れ

心を離れ
ただここに在る
今日のものたち
（全行）

「悲しみ」という感情をどれほど真剣に探求していたかを窺わせる一篇だ。また、その結果、「悲しみ」がいかにも即物的な（なんなら「実存的」と呼んでもいい）純粋感情として位置づけられていることが分かる。『二十億光年の孤独』の「かなしみ」と並ぶ、初期「悲しみ」詩篇の代表作と呼べるだろう。
一方で、この詩人には珍しい感情を激しく煽り立てた作品もある。詩「頼み」の冒頭を引く。

裏返せ　俺を
俺の中の畠を耕せ
俺の中の井戸を干せ
裏返せ　俺を
俺の中身を洗ってみな
素敵な真珠が見つかるだろう
裏返せ　俺を
俺の中身は海なのか
夜なのか
遠い道なのか
ポリエチレンの袋なのか
裏返せ　俺を

「裏返せ　俺を」が執拗なリフレインとなって詩人のオブセッションを奏でているのは前詩集中の「無題」の場合と同様だが、自筆年譜（岩波文庫所収）に「相当生活に疲れていた」とあるように、多忙による疲労と焦燥が背景にあったのだろう。この頃、谷川俊太郎は、詩作と並行して演劇やラジオドラマ、子供の歌や校歌などの仕事を次々とこなしていた。詩と生活の相克といえばいいだろうか。

裏返せ
裏返してくれ　俺を
俺の中の言葉たちを
喋らせちやつてくれ　早く
俺の中の弦楽四重奏を
鳴らしちやつてくれ
俺の中の年とつた鳥たちを
飛ばしちやつてくれ
俺の中の愛を
すつちやつてくれ　悪い賭場で

裏返せ裏返してくれよ俺を
俺の中のうその真珠はくれてやるから
裏返してくれ裏返してくれよ俺を
俺の中の沈黙だけはそつとしといて
行かせてくれ俺を
俺の外へ
あの樹蔭へ
あの女の上へ
あの砂の中へ

（末尾部分）

いくぶん駄々っ子的な口調とダダイズム的なイメージの連鎖によって心情を素直に吐露しているかのようだが、それでも「俺の中の沈黙だけはそつとしといて」と、沈黙と静寂を重視する谷川詩学はここでも健在だ。

それにしても、一見幸福で平穏な（表紙写真が物語っているような）佇まいの中に潜む、不穏な崩壊感覚が気になる一冊であることを、例えば次のような作品から感じ取る読者は多いのではないだろうか。

いちばんはじめに大きな手で
誰かがいつぺんに積みあげた

それからは崩れてゆくだけ
毎日毎日少しずつ崩れてゆくだけ
呼んでも駄目叫んでも駄目
だが崩れてゆくのを知りながら
その間にすることは無限に残される
汗をかきすすり泣き大声で怒り
崩れてゆくものの上で夜を眠り
ただいつまでも崩れてゆく日々

（「崩れる」）

この崩壊感覚は、今から思えば、一九六〇年代という破壊と再創造の時代に表側から呼応しつつ、裏側において、したたかな孤立、内面の自立、世界への無関心——総じて詩人は「デタッチメント」と呼ぶ——を培っていく動機ともなったものだ。

（東京創元社、一九六〇年）

21

1962

谷川俊太郎自身が詩集『21』について「初めて現代詩人として認められたらしい」（『谷川俊太郎《詩》を語る』澪標、二〇〇三年）と語っているように、それまであまりの華やかさとポピュラリティと平易さのために孤立しがちだった谷川俊太郎が、この詩集によって初めて詩の前衛に躍り出たことは確かだろう。

初めての「現代詩的」詩集は七篇ずつ三部から成る。

第一部は各二行七連構成（つまりソネットと同じ十四行）による行分け抒情詩、第二部は行分け詩と（亜）散文詩の混合から成る緩やかなアドリブ詩、第三部はすべて本格的散文詩で、構造的明確さと鋭敏な方法意識に貫かれている。言葉でジャズのアドリブ演奏をするような第二部の実験性と、第三部のバッハ的な構築性との対位／併存も目覚ましい。鋭敏な批評意識と鮮烈な方法によって、それまでだれも考えなかった三つの実験を成功させた詩集である。

本詩集の組立をいささか図式的に要約するなら、視覚性から非論理性を経て論理性へと移行する展開が、ちょうど〈歌〉から（一旦カオスを経ての）〈語り〉へと至る曲線に比せられるだろう。各パートを代表するフレーズを挙げてみよう。

ひとりの女を見る
母を
ガラスのむこうの
空のように青い空の壺

ひろげられた楽譜と
和音を照らし出すろうそくの光と

ちぎれた真珠のくびかざりと
水道管に垂れ下る氷柱

（「へ」前半）

云いたいことを云うんだ　どなりたいことをどなるんだ　ペットもサックスも俺の友だち俺の言葉が俺の楽器　ワンコーラスわけてくれ　いやツーコーラス　いやスリーフオア　いくらでもいい　一時間二時間六時間いや一日をまるごとくれよ俺に　黙ってるのは竜安寺の石庭　叫ぶのは俺だ　俺はのどだ　舌だ　歯だ　唇だ　のどちんこだ　声なんだ　俺は

ミスタジャジージャズー　（「スキャットまで」前半）

ヨーハンセバスチアンバツハは、虚空に音の伽藍を築いたのであるが、私は虚空にことばの円柱を築くのである。その円柱は真実という巨大な中空ゆえに、なにがしかの強度を有する一本の管の構造をしていて、装飾はすべてそれぞれの無数の毛根で管の中心にむすばれている。即ちそれは瘖の全種類を含んでいると云えよう。

（「ことばの円柱」冒頭）

いずれも音楽を主題にした作品だが、各々がはっきりと典型を示していることがわかる。静から動へ、また静へというカーブが描かれるわけだが、第一部は初期作品の中心を成す静穏で和声法的な音楽を奏で、第二部は騒擾で即興的な音楽を、第三部は堅牢な対位法的音楽を奏でている。行分け詩→亜散文詩→散文詩のカーブは、音楽でいうハーモニー→アドリブ→ポリフォニーのカーブともぴったり一致する。

ここで、いささか唐突だが、このカーブを小野十三郎が『詩論』で宣言した「歌と逆に歌に」の曲線に重ねたくなるのは私だけだろうか。仮にそうだとすれば、これに続く数多い〈詩論詩〉の谷川俊太郎こそが小野詩論の最大の継承者ということになる。この点については、一九六五年五月一日の谷川俊太郎宛て小野十三郎書簡をめぐって論じた拙文（『谷川俊太郎の詩学』思潮社、二〇一〇年）を参照して頂きたい。小野十三郎がほとんど全面的といえるほど絶賛を表明した背景には、現代詩の最前線におけるまったく新しい〈歌〉の発見があったのだ。

（思潮社、一九六二年）

落首九十九

1964

一九六二～六三年に「週刊朝日」に連載した、十数行の短詩九十九篇。一見したところ、社会情勢をモチーフにした風刺詩でもあり寸鉄詩でもあるが、詩人の眼差しは時に厳しく時に優しい。初版本には当時の事件等が脚注で示され、時代との関わり方がうかがわれるので、オリジナル本は貴重な詩的ドキュメントと呼べるだろう。最初に、一九六二年十月頃の作と推定される詩「おどろき」を挙げる。

もうおどろかないだろう
東京五輪が中止になっても
もうおどろかないだろう
宇宙船が月へ行っても
もうおどろかないだろう
この国に革命がおこっても
もうおどろかないだろう
すべてにおどろきを失ったと知っても

けれどおどろくだろう
妻がまだ自分を愛していると知ったとき
生れたての赤坊がくしゃみするとき
テレビを消したあとの静けさの中で
或る日突然おどろく自分におどろくだろう

その後に収録された全集版にも文庫版にも脚注は略されているので、初版本を見るまで私も気づかなかったのだが、一九六二年十月二日の出来事として「米の第三号人間衛星〝シグマ7〟地球を六周して無事回収」との脚注があり、また同年同月五日には「オリンピック組織委員長きまらず」との記載がある。つまり、実際にこの時期に起こった事件に想を得て書かれた作品であることがわかる。だが、より重要なのは、そうした社会的大事件を前にして「もうおどろかないだろう」と嘯き、それよりむしろ妻や子供との日常生活の中で「突然おどろく自分」こそが「おどろき」である、とする生活重視の姿勢だろう。詩はあくまで個人的なものである、とする詩人の一貫した姿勢である。

次に詩「子どもは……」を挙げる。

子どもはなおもひとつの希望
このような屈託の時代にあっても
子どもはなおもひとつの喜び
あらゆる恐怖のただなかにさえ

子どもはなおもひとりの天使
いかなる神をも信ぜぬままに

子どもはなおも私たちの理由
生きる理由死を賭す理由

子どもはなおもひとりの子ども
石の腕の中ですら

「子どもというもの」への普遍的な賛歌としても読まれ得るが、これにも脚注があって、一九六三年四月に発生した「吉展ちゃん誘拐事件」に想を得たらしいことがうかがわれる。だが、そうした具体的事例に拠る作品ではあっても、ただちに普遍性へと変換してしまう語法は、優れた詩人の技というしかない。
最後に詩「一人」を挙げておこう。

一人の若い父親が殺された
一人では決して負うことのできぬ
無数の責任を負って
一人では決して償うことのできぬ
高価な代償を負って
一人では決して生きることのできぬ
巨大な運命を負って
野ばんで残酷で空虚で気ちがいじみた
この現代の文明の祭壇に捧げられた
あわれないけにえなのだ

一人の若い父親が殺された
幼い娘に〈さよなら〉を云ういとまもなく
今もなお無法の西部の町テキサス州ダラスで

ある程度以上の年齢の人なら「ダラス」という地名から想像できるかもしれないが、脚注に記されていたように一九六三年十一月二十二日に起こったケネディ大統領暗殺事件を元に書かれた作品だ。アメリカ大統領の暗殺という大事件を素材にしながら、そうと名指しせずに「一人の若い父親」への追悼というかたちをとっているのはいかにも谷川俊太郎らしいとはいえないだろうか。「幼い娘」は後の駐日大使キャロライン・ケネディのことだ。

（朝日新聞社、一九六四年）

旅

1968

初版は香月泰男の絵が各葉についた未綴じの豪華版詩画集で、四行詩節と三行詩節を自在に使い分けた変則ソネット二十五篇。欧米旅行体験と鳥羽旅行等をモチーフに、独自の詩法を自覚した記念碑的作品群だ。後に普及版が出て広く読まれるようになる。

まず、大江健三郎が長編小説『万延元年のフットボール』（講談社、一九六七年）に引用したことがきっかけで人口に膾炙するようになった「鳥羽1」（一九六五年初出）を挙げておこう。

何ひとつ書く事はない
私の肉体は陽にさらされている
私の妻は美しい
私の子供たちは健康だ

本当の事を云おうか
詩人のふりはしてるが
私は詩人ではない

私は造られそしてここに放置されている
岩の間にほら太陽があんなに落ちて
海はかえって昏い

この白昼の静寂のほかに

君に告げたい事はない
たとえ君がその国で血を流していようと
ああこの不変の眩しさ！
（全行）

「本当の事を云おうか」以下の三行に度肝を抜かれた読者（と詩人たち）は少なくなかっただろう。詩人であることへの自己懐疑、さらに自己否定は、この後ずっと続く主題の一つだ（例えば一九九三年の『世間知ラズ』や二〇〇七年の『私』など）。だが、それ以上に注目すべきなのは冒頭「何ひとつ書く事はない」という宣言だ。もちろん、書くことはないということを書ける、という逆説においてである。つまり、詩人は何でも書ける、という断言だ。
次に挙げるのは「旅4　*Alicante*」。アリカンテはスペイン南部の港町である。

一枚の絵葉書を見る
思い出ではない
今でもない
時

心は透けている
心の向こうに海が見える
暗くもなく眩くもなく

さえぎるな
言葉！
私と海の間を

こめかみに
一粒の汗
地名の
なんという明晰
（全行）

詩とは「私と海の間」にあるものなのだ。言葉はむしろその詩を妨げるノイズにほかならない。真の詩は沈黙の中にこそある、という谷川詩学の根幹は、どうやらこの頃から固まったように考えられる。だが、一方で、沈黙とは言葉にあふれた詩でもあることが、「*anonym* 4」において歌われている。

今轢かれた猫の死体の上に
午後の陽が落ちている
とどまろうと思えば
そこに一生の間とどまっていられる魂は
けれど一瞬に過ぎ去る
そんなに多くのものを残したまま
無言で

どんなに小さなものについても
語り盡くすことはできない
沈黙の中身は
すべて言葉

金色に輝く雲の縁
音楽の
誘惑

（全行）

第三詩節「どんなに小さなものについても」以下の四行は難解だ。最小のものでさえ語り尽くすことのできない「言葉」が「沈黙」の中身を埋め尽くしている、とはどういう意味か。さらに、これに続く、いささか唐突とも思われる「音楽」の意味とは。谷川俊太郎の盟友だった武満徹からの影響が垣間見えるようにも思われるのだが、ここではひとまず問題提起にとどめておこう。

どうやらここには、「言葉」と「沈黙」と「音楽」

をめぐる複雑な両義性が、というより鼎義性（筆者自身による造語）が秘められているようだ。以後、繰り返し探求され敷衍され深化される、谷川詩学のトライアングルが、詩集『旅』において提出されたのである。未だ解き明かせぬ不可避のアポリアとして。

（求龍堂、一九六八年）

尽きない詩への問い　1970 - 1979

うつむく青年

1971

各種の依頼に応じた詩三十九篇で一部歌詞も含む。後の「集英社系」の先駆でもある（山梨シルクセンター出版部は後のサンリオ）。ポップでライトな作風の中に新奇な輝きを滲ませているのが特長といえる。名作「生きる」や「東京バラード」など、後に二次使用三次使用される人気作を含む、詩人不惑の年の一冊だ。最初に表題作を挙げておく。

うつむいて
うつむくことで
君は私に問いかける
私が何に命を賭けているかを
よれよれのレインコートと
ポケットからはみ出したカレーパンと
まっすぐな矢のような魂と
それしか持ってない者の烈しさで
それしか持とうとしない者の気軽さで

うつむいて
うつむくことで
君は自分を主張する
君が何に命を賭けているかを
そる必要もないまばらな不精ひげと
子どものように細く汚れた首すじと

鉛よりも重い現在と
そんな形に自分で自分を追いつめて
そんな夢に自分で自分を組織して

うつむけば
うつむくことで
君は私に否という
否という君の言葉は聞こえないが
否という君の存在は私に見える

うつむいて
うつむくことで
君は生へと一歩踏み出す
初夏の陽はけやきの老樹に射していて
初夏の陽は君の頬にも射していて
君はそれには否とはいわない

（全行）

若者への呼びかけのスタイルは、一九六〇年代後半における団塊世代による学生運動とその挫折、といった同時代的トピックを念頭においてのものと想像される。自身より二十歳ほど若い世代への共鳴をこめたエールと呼んでもいい。決して豊かではないし未来への希望に燃えているわけでもない「うつむく青年」は、それでも「うつむくことで」「生へと一歩踏み出す」。この磊落なようでいて悲壮でもある青年像は、私自身にも見覚えがある気がする。内向的でシャイで真摯で不安定な当時の（例えばドラマ「若者たち」に登場したような）青年像である。詩人の眼差はそうした青年たちにどこまでも優しく温かい。

次に挙げる「生きる」は、後に幾度となく様々な局面で引用され朗読されることになる、谷川作品中でも有数の「ヒット作」である。テレビドラマの中で朗読され、写真詩集として再活用され、SNSのサイトで多くのヴァリエーションを生み出し、最近では東日本大震災の直後に開かれたチャリティ朗読会で女優の南果歩によって朗読された。長いので一部を省略して引用する。

生きているということ
いま生きているということ
それはのどがかわくということ
木もれ陽がまぶしいということ
ふっと或るメロディを思い出すということ
くしゃみすること
あなたと手をつなぐこと
（中略）
いまどこかで産声があがるということ
いまどこかで兵士が傷つくということ
いまぶらんこがゆれているということ
いまいまが過ぎてゆくこと
（中略）
鳥ははばたくということ
海はとどろくということ
かたつむりははうということ
人は愛するということ
あなたの手のぬくみ
いのちということ

「生きているということ」を繰り返しながら多様なパラダイムに展開していく詩形は、とても分かりやすく親しみやすいものでありながら、飛躍や意外性にも富んでいて、しかもリズミカルなので、まさしく朗読向きの作品といえる。体言止めの多用もあって、きっぱりと前向きにさせてくれる名作だ。

（山梨シルクセンター出版部、一九七一年）

祈らなくていいのか　1972

既刊詩集からのアンソロジーが中心だが、未刊詩篇を多く含み、特に「祈らなくていいのか」と題された章の十二篇は小詩集一冊分に相当する。様々な機会に書かれスタイルも多様だが、次第に次の様式が見え始めている、斬新かつ果敢な抒情詩群だ。

教科書にもしばしば取り上げられ、テレビCMにも使われた名作「朝のリレー」を引く。

カムチャツカの若者が
きりんの夢を見ているとき
メキシコの娘は
朝もやの中でバスを待っている
ニューヨークの少女が
ほほえみながら寝がえりをうつとき
ローマの少年は
柱頭を染める朝陽にウインクする
この地球では
いつもどこかで朝がはじまっている

ぼくらは朝をリレーするのだ
経度から経度へと
そうしていわば交替で地球を守る
眠る前のひととき耳をすますと
どこか遠くで目覚時計のベルが鳴ってる

それはあなたの送つた朝を
誰かがしつかりと受けとめた証拠なのだ　（全行）

初出が何年なのか分からないが（作者自身も覚えていないそうだ）、内容から見ておそらく一九六四年（東京五輪）から六八年（メキシコ五輪）頃にかけての作品だろう。極東の地、メキシコ、ローマ（五輪は一九六〇年）という並びは、オリンピックを意識した選択と思われるからだ。「東京」とせずに「カムチヤツカ」（後に「カムチャッカ」に表記変更）としているのは詩人らしい韜晦といえなくはない。両者は東経にして二十度ほどの違いがあるのだが、共に極東であることは確かだ。地球上の何処かに朝が訪れている、という当然のことを、いかにも〈宇宙人〉らしく地球外からの視点で描いた傑作といえるだろう。

この作品だけでなく、わずか十二篇ながら、近未来を予測させる（と、現在からは見える）様々なスタイルの試みが本作の特徴だ。女性一人称の語りや祝婚歌や対話詩など、さながら小実験室といった趣きである。中でも、「詩とは何か」という難問に正面から立ち向かった次のような作品は、早くも二十一世紀の詩論詩の数々を予告しているかのようだ。

たとえば——
飛んでいる蝶を指して
この蝶をあなたに捧げます
と云うだけでいいのだ

あるいはまた——
澄みきつた秋空を見あげて
この空は私たちのもの
と宣言するだけでいいのだ

それとももつとつつましく——

ラツシユアワーの街の真中に立止まり
黙つて潮騒に耳をすます
それだけのことでいいのだ

（「目に見えぬ詩集」）

と展開し、最後に、

目に見えぬ詩集の頁を
開くためには

と、鮮やかに閉じられる。四行三連＋二行というイギリス式（シェイクスピア式）ソネットを作者が意識したかどうかは分からないが、曖昧さを許さない毅然とした批評意識のあらわれだろう。「蝶」「空」「潮騒」と続くパラダイムが、小さな生命と大きな自然、空と海、という照応を鮮明に描き出し、小宇宙と大宇宙の交感、という（まさに象徴詩的な）谷川詩学の一つの極を明言しているのである。

（『谷川俊太郎詩集』角川書店、一九七二年所収）

ことばあそびうた

1973

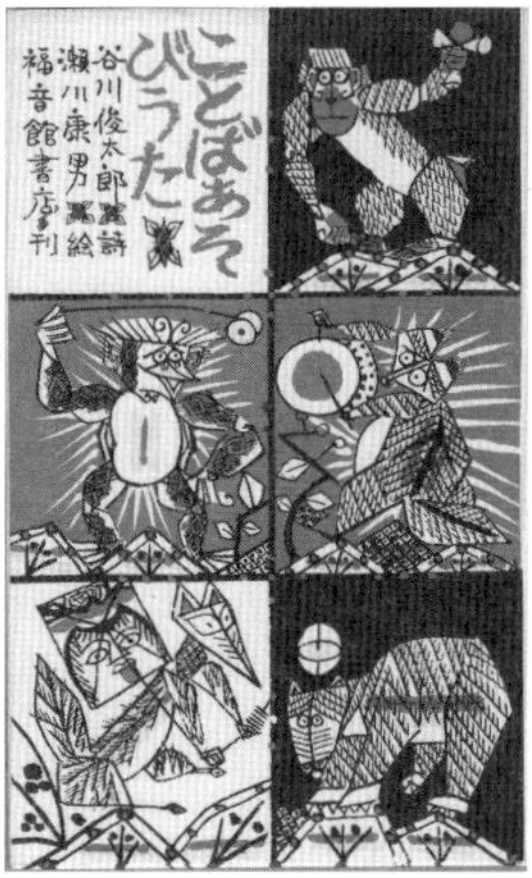

ついに始まった過激な言語実験。意味を最小限にしてもっぱら音のみを追求した（一見）ナンセンス詩の集成だ。朗読用には楽しいがその分、脱力感も半端でない。このままサブカルチャーの人になってしまうのか、と現代詩ファンを不安に陥れた一冊。

かっぱかっぱらった
かっぱらっぱかっぱらった
とってちってた

かっぱなっぱかった
かっぱなっぱいっぱかった
かってきってくった

（「かっぱ」全行）

この自作朗読を、私は二十歳の時に大阪心斎橋パルコで聴いた。若き吉増剛造や諏訪優らのロックな朗読を聴いた後だった。それ以前から、「ピーナッツ」の翻訳などサブカルチャー方面での詩人の活動もある程度は知っていたが、まさかこのような場で（現代詩の朗読会で）このような詩が朗読されるとは想像していなかった。

いま考えれば、意味表現《シニフィアン》を最大限に活かして意味内容《シニフィエ》を最小限に抑える、実験的野心作（その逆が二年後の『定義』）だったわけだが、その当時はただの言葉遊びとしか思われなかった。このまま「現代詩」の方には戻って来なくなるのかと、落胆したのを覚えている。
あらためて読み直してみると、『ことばあそびうた』では各篇ごとに明確な目的意識が貫かれていることがよくわかる。前掲の「かっぱ」などは促音便による新しい日本語のリズムを探究したもので、例えば中原中也の「汚れつちまつた悲しみに」にも通じるものだ。また、「ばか」などは、同じく促音便の多用に加えて、濁点の有無による意味のずれを極端に強調した実験作だ。

はかかった
ばかはかかった
たかかった
はかかんだ
ばかはかかんだ

かたかった
はがかけた
ばかはがかけた
がったがた
はかなんで
ばかはかなくなった
なんまいだ

（全行）

うまいものだと思う。まるで新作落語のように、オチまでちゃんとつけているのだから。
最後に名作「いるか」を挙げておこう。

いるかいるか
いないかいるか
いないいないいるか

いつならいるか
よるならいるか
またきてみるか

いるかいないか
いないかいるか
いるいるいるか
いっぱいいるか
ねているいるか
ゆめみているか

（全行）

「イルカ」と「居るか」の掛詞を活用した作品だが、それだけではない。前半の〈不在〉と後半の〈実在〉の呼応は、前者の寂寥感と後者の飽和感を対位法的に可視化し、しかも最後の「ゆめみているか」はメルヘン的と呼んで差し支えない穏やかな情緒を醸し出している。これ以降の抒情的作品群への先駆けとしても重要な位置にある詩集だ。

（福音館書店、一九七三年）

空に小鳥がいなくなった日　1974

様々な機会に書いた五十篇を六章にまとめた。ソネット、四行詩節、五行詩節など、多彩なスタイルを自在に操っているように見えるが、実は相当に苦戦したらしい様子が「あとがき」から伝わってくる。詩とは何かという葛藤だ。とはいえ、葛藤の跡を見せないのが谷川流。「私が歌う理由《わけ》」を全行引用する。

私が歌うわけは
いっぴきの仔猫
ずぶぬれで死んでゆく
いっぴきの仔猫

私が歌うわけは
いっぽんのけやき
根をたたれ枯れてゆく
いっぽんのけやき

私が歌うわけは
ひとりの子ども
目をみはり立ちすくむ
ひとりの子ども

私が歌うわけは
ひとりのおとこ

目をそむけうずくまる
ひとりのおとこ

私が歌うわけは
一滴の涙
くやしさといらだちの
一滴の涙
（全文）

相変わらず見事なパラダイムの連鎖というしかない。「仔猫」「けやき」「子ども」「おとこ」と、歌の理由をささやかだったり親しかったりする対象に求めた上で、「くやしさといらだちの／一滴の涙」という結尾を導いているので、平凡や卑俗をいっさい免れたこの真実には何の疑問も差し挟む余地がない。

これとは逆に、冒頭から真実が示される作品もある。「昨日はもう過ぎ去って」の前半を引く。

昨日はもう過ぎ去って
明日はまだ来ない
硝子戸は風に鳴り
紙屑は破れちぎれる
嘘　涙　怒り
誰もが黙ってさぐりあう
何を何を追っているのか
すりきれた靴の下で
地球はもう回らないというのに
遠くからひとりの女が
ひたむきに駈けてくるとき
乾いた心に小さな炎が燃え上る

地球の自転の停止というSF的破局をモチーフにしながら、それでも「小さな炎」に望みを見出す、というのはこの時期の谷川詩の一つの様式と思われる（同じ頃に作詞された「大阪芸大の歌」の冒頭二行も本作と同じフレーズで、最後は「あふれやまぬ魂の今日の自由よ」と肯定的に歌われる）。「私が歌う理由《わけ》」もそうだが、歌または歌詞を意識して書かれたらしい本作では、後半（歌詞の二番に当たる部分）も同様のリズムと文体で展開し、最後は

うす暗い路地の先で
未来はもう行き止まりというのに
向いあうひとりの女の
ほほえみをのぞきこむとき
乾いた心に小さな痛みが血を流す

と結ばれ、未来を喪失した者がそれでもなお「ひとりの女の／ほほえみ」に「小さな痛み」を感じ取っている。わずかに感じられるこのささやかな痛み＝炎こそが、おそらく〈詩〉の希望であるのだろう。詩人の探求はなお深まっていく。

（サンリオ、一九七四年）

夜中に台所でぼくはきみに話しかけたかった 1975

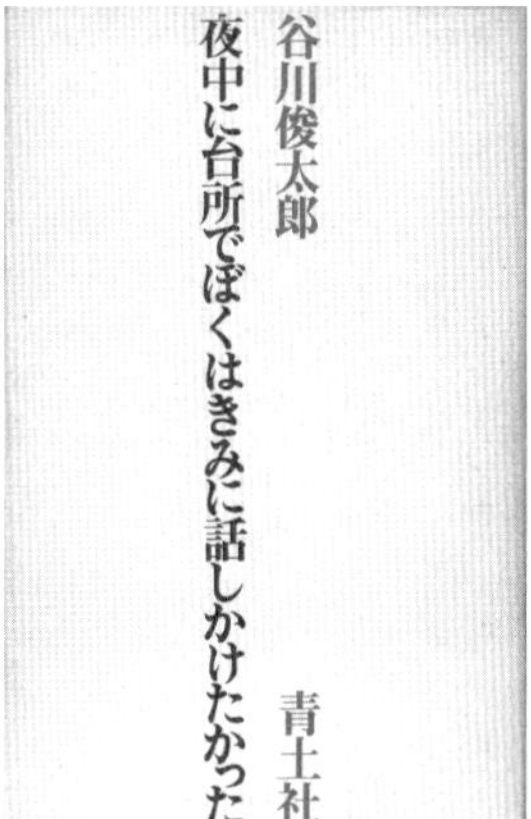

そして私はいつか
どこかから来て
不意にこの芝生の上に立っていた
なすべきことはすべて
私の細胞が記憶していた
だから私は人間の形をし

幸せについて語りさえしたのだ　（「芝生」全行）

第十四詩集巻頭に小さめの文字で印刷されたこの短詩が「谷川俊太郎宇宙人説」を決定づけた。大岡信による評価がその大きな要因だったことは、今日ではよく知られている。

全体は組詩を中心とした詩集である。妻、友人、同人といった親しい他者への語り口調で綴られた対話詩の集成だ。種々の依頼に応えた作品群という意味ではいわゆる〈集英社系〉に連なる一冊だが、この時期、詩人は特に、自身の詩作について深い洞察を行いながら、多くの依頼に応えていたことが想像できる。中でも、即興風の新しい言語実験と、クレーの絵とのコラボレーションが鮮やかで、新境地へと踏み出した転換点の一冊といえる。ただし、著作権の問題があったため、クレーの絵はこの詩集では付されていない（後に出た詩画集『クレーの絵本』は別のところで取り上げる）。

巻頭の組詩の中から十番目、「チャーリー・ブラウンに倣って」とある詩を引用する。

寝台の下にはきなれた靴があってね
それでまた起き上る気になったのさ今朝
全く時間ての は時計にそっくりだね
飽きもせずよく動いてくれるもんだよ

話題を変えよう

雑草の上を風が吹いてゆくよ
見尽した風景をぼくはふたたび見てみてる

話題って変りにくいな　（全行）

谷川詩のディアローグの基本形だ。相手が実在の人物のこともあれば（例えば妻）虚構の存在（例えば漫画の主人公）であることもあるが、口調はあくまで和やかで親しげである。まるでシャンソンの歌詞のように。

次に挙げるのは、ミュージカル「サウンド・オブ・ミュージック」中の名曲「My Favorite Things」を作詞したオスカー・ハマースタインとの対話である。

どんなに好きなものも
手に入ると
手に入ったというそのことで
ほんの少しうんざりするな

どんなに好きなものも
手に入らないと
手に入らないというそのことで
ほんの少しきらいになるんだよ

バラの上の雨のしずくに
仔猫のひげ
みがきあげた銅のヤカンに
あったかなウールの手袋か

かわいそうなオスカー
脚韻てのは踏んずけると
ずいぶんひどい音がするね
まあ魂も時にはオナラをするさ

（部分）

元の歌詞を踏まえながらアイロニーとユーモアを伴って成立する対話は、まるでオスカーが目前にいて相手をしているかのような錯覚に陥らせる。さらに驚異的なのは、これに続く組詩のもう一つが「ジョン・コルトレーンに」捧げられていて、早逝したジャズ奏者への追悼詩になっていることだ。天才サックス奏者のインプロヴィゼーションを、詩人は

きみは生きていて呼吸してたに過ぎないんだ
十五分間に千回もためいきをつき
一生かかってたった一回叫んだ

と要約し、翻って、自らの詩作について「魂と運命がこすれあって音をたててら／もうぼくにも擬声語しか残ってないよ」と自戒する。

　これらディアローグによる詩の数々は、本詩集とほぼ同時刊行の詩集『定義』のモノローグ詩と鋭い対照を描いている。

（青土社、一九七五年）

定義　1975

前作とほぼ同時に刊行された。前作がディアローグ中心であるのに対し、こちらはモノローグによって物の本質に迫ろうとする「ポンジュ的」散文詩である。二十四個の物たちは詩人の鋭利な視線と言語によって物そのものの歌を奏で始める。これら対照的な二冊の実験詩集が現代詩の新たな地平を切り開いた。

紅いということはできない、色ではなくりんごなのだ。丸いということはできない、形ではなくりんごなのだ。酸っぱいということはできない、味ではなくりんごなのだ。高いということはできない、値段ではないりんごなのだ。きれいということはできない、美ではないりんごだ。分類することはできない、植物ではなく、りんごなのだから。

（「りんごへの固執」冒頭）

ここでは色や形や味や値段といったりんごの属性が次々と否定されている。サルトルがポンジュの作品を評した「言葉の垢落とし」と同じことが行なわれているのである。続いて、今度は様々な動態表現によるりんごの描写が「物自体」としてのりんごの生態を暴き出していく。

雨に打たれるりんご、ついばまれるりんご、もぎとられるりんごだ。地に落ちるりんごだ。腐るりんごだ。種子のりんご、芽を吹くりんご。りんごと呼ぶ必要もないりんごだ。りんごでなくてもいいりんご、りんごであってもいいりんご、りんごであろうがなかろうが、ただひとつのりんごはすべてのりんご。

次いで品種名や個数や重さや生産運搬消費の過程が記され、さらに「りんごだあ！ りんごか？」という叫びと疑問が記されることで、ついには「りんご」という名称が消え去って、単に「それ」とだけ呼ばれるようになる。さらに、「答えることはできない、りんごなのだ。問うことはできない、りんごなのだ。語ることはできない、ついにりんごでしかないのだ、いまだに……」というエンディングは「りんご」のイメージを鮮明に印象づけるのだが、「りんご」にまつわる諸々の「意味」は排除され、「物自体」としてのりんごだけが残る。この即物的なイメージは、現代詩の一つの方向性を確かに示し得た（あるいは今もなお示し続けている）といっていい。

それは底面はもつけれど頂面をもたない一個の円筒状をしていることが多い。それは直立している凹みである。重力の中心へと閉じている限定された空間である。それは或る一定量の液体を拡散させることなく地球の引力圏内に保持し得る。

（「コップへの不可能な接近」冒頭）

このような純然たる描写から次第に記述は多方面へと拡散し、最後に「物」を「言葉」によって定義することの不可能性に到達する。

それは主として渇きをいやすために使用される一個の道具であり、極限の状況下にあっては互いに合わされくぼめられたふたつの掌以上の機能をもつものではないにもかかわらず、現在の多様化された人間生活の文脈の中で、時に朝の陽差のもとで、時に人工的な照明のもとで、それは疑いもなくひとつの美として沈黙している。

この沈黙に到達した時、言葉はおのれの無力をもさらけ出すことになる。だが、その無力はまた、かえって「言葉」の自由を保証するものでもある。なぜなら、この時「物」とはその完全な沈黙の中にこそ秘められた詩の現前であるからだ。「名」によらない「物」自体の現前という「詩」である。

（思潮社、一九七五年）

誰もしらない

1976

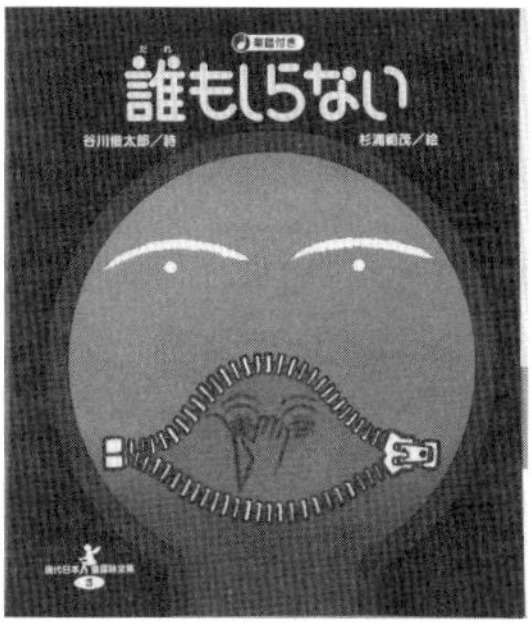

おもに子供のために書かれた童謡の歌詞集だが、これも膨大な谷川詩集の一冊。レコード大賞作詞賞に輝いた「月火水木金土日のうた」（服部公一・曲、フランク永井・歌）はじめ三十三篇を収録。谷川俊太郎が詩人デビュー後すぐに作詞活動もしていたことを忘れてはならない。代表作はもちろん（本書には収録されていないが）「鉄腕アトム」だ。

これら三十三篇をあらためて「詩」として読んだ時、特徴として浮かび上がってくるのは、通常の詩では表現し得ない奇妙な「不気味さ」だ。メロディによるイメージの揺れ、ゆらぎ、ぶれが関わっているのだろう、意味内容だけでは完結し得ない微妙な抒情の振動のようなものが、言葉のみからでも伝わってくる。表題作「誰もしらない」を見てみよう。

お星さまひとつ　プッチンともいで
こんがりやいて　いそいでたべて
おなかこわした　オコソトノ　ホ
誰もしらない　ここだけのはなし

とうちゃんのぼうし　空飛ぶ円盤
みかづきめがけ　空へなげたら
かえってこない　エケセテネ　へ
誰もしらない　ここだけのはなし

としよりのみみず　やつでの下で
すうじのおどり　そっとしゅくだい
おしえてくれた　ウクスツヌ　フ
誰もしらない　ここだけのはなし

でたらめのことば　ひとりごといって
うしろをみたら　ひとくい土人（大きなぞうが）
わらって立ってた　イキシチニ　ヒ
誰もしらない　ここだけのはなし

（全行）

七音乃至八音を中心とする四行一連・四番までの循環形式の中に、五十音表の横ラインを配した構成が、不思議な音像（「オコソトノ　ホ」など）を導き出し、オノマトペぎりぎりの独特なイメージを構成している。各々に独自なイメージ展開があり（「ひとくい土人」は「ひとくい土人のサムサム」と同様、差別表現ということで後に「大きなぞうが」に変更されたが、「ひとくい土人」の不気味な魅力に到底敵うものではない）、これらの（詩としても歌としても）特異な意匠は、最後に「誰もしらない　ここだけのはなし」と、不条理な結末を導き出す。この不気味な結末を私は〈詩的不可知論〉と呼びたいと思う。

こうした〈歌の不気味〉は、一九六二年に第五回レコード大賞作詞賞を受賞した「月火水木金土日のうた」でも、冒頭で明らかに（意識的に）活用されている。

げつようび　わらってる
げらげらげらげらわらってる
おつきさまは　きがへんだ

世界中に遍在する月の神話伝承を、ごく容易な語彙に要約しつつ、そのルナティックな狂気、諧謔、嘲笑をリズムとメロディに乗せることで、説明不要のまま十分な説得力をもつイメージへと昇華している。この発狂した月こそが魂の自由であり放埒であるわけだが、その狂気の源泉にあるものこそが〈詩〉にほかならないことを、詩人が痛感したのもまた、〈歌の不気味〉の発見によってだった。詩も歌も不気味なものなのだ。

（国土社、一九七六年）

由利の歌　1977

『旅』に続く詩画集だが、両者とも詩が先なので、詩画集ならではの谷川詩の独自性は見えてこない。つまり絵がなくても成り立つ。谷川作品独自のポエジーは、後の『クレーの天使』などのように、絵が先で詩が後のものにこそ表れる。この点において、谷川俊太郎は〈受け〉の天才といえる。

　本書は三部構成になっていて、「生きるうた」の部には長新太、「由利の歌」には山口はるみ、「気違い女の唄」には大橋歩が、それぞれ絵を付けているが、いずれも、詩集の挿絵、といった感が強い。

「由利の歌」は「一月」から「十二月」まで全十二篇の連作詩で、由利と次郎の出会いから別れまでを物語風に描いている。その冒頭「一月」を引用する。

凧は空に流れていた
盲目の女の子は陽だまりで
首をかしげてほゝえんでいた
プールは枯葉で一杯だった

海の底からとれたばかり
人魚のようにしずくをたらす
まだ使ってない一年をかかえて
由利の途方にくれている時

一人の青年が帰ってくる
路地で拾った凍った蝶を
掌の間であたためながら

物語の開始を告げる情景描写詩と言えるのだが、この詩に付せられた絵は、作品としての善し悪しは別として、必ずしも詩のイメージ強化に役立っているとは言えないだろう。むしろ、由利のイメージを限定することで読みの可能性を狭くしているように感じられる。そういえば、この絵に描かれたファッションはいかにも一九七〇年代で、懐かしい感じが先立ってしまって、現代的な印象からはほど遠い。要するに、詩そのものの挿絵として（音楽でいうBGM的な）それなりのヴィジュアル効果はあるものの、イメージのさらなる展開にまでは至っていない。したがって、この後に続く十二ヶ月の恋物語は若い男女の微妙な心理変化を暗示して魅力的ではあるのだが、各月に描かれる挿画が、その心理の綾を彩るというよりむしろ、単純化または形式化してしまっている。例えば、「七月」に描かれた次のような内面描写は、果たして挿画を必要としているだろうか。

海が私の胸の中にまで打ちよせてきて私の口は透き通った海藻のにおいで一杯になったの私にはもう彼の眼が見えなくなって私はただ私の体で彼にうなずくことが出来るだけだったわ私は心の中で叫んだそうよこれが私よこれが私そうしてあなたでもある生命私のてのひらには彼の濡れた髪の毛があふれてその瞬間世界じゅうの涙と血と汗が私の体の中にそそぎこまれ私は海と同じように重くなり海と同じようにゆすぶられたわ私は太陽のように輝く暗闇を抱きしめてふるえた私はいいえとは云えなかった私はただええと云うだけだったええそうよええ私は生命私は生きている私は愛している！

嗅覚、聴覚、視覚、触覚を動員して共感覚的イメージを繰り出したこれらの詩句に、挿画は必要だろうか。むしろ、無限に広がる想像の可能性を鋳型にはめ、限定的な絵画性に封じ込めることになってはいないか。

本書には、越路吹雪を描いたユニークな詩「気違い女の唄」も含まれているが、付せられた挿画はイメージを限定するものでしかなく、詩にとっては残念というしかない。

（すばる書房、一九七七年）

タラマイカ偽書残闕　1978

数多ある谷川詩集の中でも最も過激な詩的実験の書。「タラマイカ語」からスウェーデン語、ウルドゥ語、英語を経て日本語に翻訳された、とする偽翻訳詩は、独自の造語と相俟って、神話的叙事詩の幻視を促し原初の詩の発生を垣間見させるテクストを仮構する。

『「〈〝これから私の語る言葉が、正確にどこから来たものか私は知らない〟と、その老船員は言った。
（……）

巻頭から四種類の引用符（カッコ開く）に戸惑うが、要は、起源の定かでない神話的伝承が何通りもの重訳の果てにこうして現代日本語で読まれることの意義を、真摯さと冗談とを交えて綴った〈序詩〉と考えていいだろう。いささか大仰な言い方になるが、〈詩の起源〉に思いを馳せる詩人の想像力が生み出した個人的神話の表象である。全XI章から成る神話的叙述は次のように始まっている。

I（そことここ）

わたしの*
眼が
遠くへ

行った。

わたしの
口は
ここに
開く。

わたしの
耳が
遠くへ
行った。

わたしの
口は
ここで
語る。

（中略）

わたしの
口は
ここに
黙す。

わたしの心はゆきつもどりつ
わたしの心はゆきつもどりつ。

一行目の「わたし」にはいきなり注釈（後注）がついていて、通常の一人称ではなく、このテキストに関わったすべての人（作者、翻訳者、読者）を含む「重層的一人称」であることが、細かい活字でくどくどと説かれている。有り体にいって、詩を書く（あるいは歌う）主体の非人称性、ということになるのだろうが、一九七八年という「ポスト・モダン以前」の時期にすでに作者の死（あるいは不在）を明言した詩人は（少なくとも日本では）ほかにいなかった。詩人としての出発当初から掲げていた「ノンセルフ」の詩想が最も直截な裸形を現した詩集である。

（書肆山田、一九七八年）

そのほかに

1979

集英社シリーズ第一弾。これ以後、谷川作品は、思潮社系（実験的前衛詩）、集英社系（一般向け大衆詩）、理論社系（こどもの詩）と、おもに三つの系列にまとめられるようになる。

様々な依頼に応じて制作された多様なスタイルの五十六篇は、「あとがき」でパッチ・ワークに擬せられているように、融通無碍で変幻自在だ。寡黙な詩と雄弁な詩、写真詩、機会詩、歌詞と、多くの抽斗を一遍に開けたような賑やかさで、中には定型詩の試みまである。試行錯誤というよりもむしろ自由自儘な作品群と見るべきだろう。表題作を引用する。

ひざの上ですすりあげる私の幼い娘
——そのほかに何を私は待っているのか

遠くでマドリガルが唱い出される
閉じたままの本
胡桃の木蔭

言葉では十分でない
言葉は呼びつづけ
決して満足しないから

沈黙では十分でない
沈黙はつづき
不死だから

そのほかに何を待っているのか
ひざの上で
少しずつ泣きやんでくる幼い娘と——　（全行）

この頃から谷川さんの詩集には「初出一覧」が付されるようになった。詩集『そのほかに』収録の作品は概ね一九七〇年代に様々な雑誌、新聞、タウン誌などに書かれたもので、依頼主の注文に応える律儀さと、なお自在に想像力を羽撃かせるプロ詩人の自恃が、同時にうかがえる作品群だ。そんな中にあって詩「そのほかに」は初出が「未詳」となっていて、発表媒体が気になるところだ。

比較的初期の頃からノンセルフを標榜してきたこの詩人にしては、この詩に登場する「私の幼い娘」は妙にリアルで、私生活を垣間見させている、といえばいいだろうか。そういえば、本詩集にはほかにも、「いさかいのあとで　妻に」や「ポルノ・バッハ」といった、いわば私生活暴露詩篇が含まれていて、この詩人にはめずらしく幾分無防備な作品が目立っている。マドリガルと胡桃の木陰、言葉と沈黙といった舞台装置の上で「幼い娘」は「すすりあげ」やがて「泣きやんでくる」。夫婦喧嘩のさなかの幼子のいじらしさが切実なピアニッシモで響いてくるといった趣きではないだろうか。調べてみなければわからないことだが、この詩は、例えば「櫂」のような自儘な同人誌にそっと発表されたのが初出ではないかと想像される。

これと対象的に、私生活とはまったく無縁のストイックな詩「秋」を挙げておこう。後の『minimal』の先駆けともいえそうな作品だ。

草の上に
影のびて
立ちつくす
老いた道化の

衰えぬ
ふくらはぎ
死を笑う
義歯の口

子等遠く
凧をあげ
幻か
王の版図も

（全行）

各連四行を三連にすれば、そのまま『minimal』（二〇〇二年）の様式になる。この時期にすでに、谷川さんは言語の騒擾に悩み倦み、より沈黙に近い言語を模索していたのかもしれない。（集英社、一九七九年）

うたと実験の新展開　1980-1989

コカコーラ・レッスン　1980

詩的実験はより構造的かつ多様に展開する。ここには企画書もあれば未定稿もあれば言葉遊びもあればアフォリズム的断章もある。ロールシャッハ・テスト図版による詩まである。先鋭的カオスから生じる詩もある。また、前作「タラマイカ偽書残闕」を再録していることからも想像できる通り、この時期における総合的実験室と見られる。だが、そうした多様な試行錯誤の中にあって、この時期を代表する最も重要な作品は、表題作「コカコーラ・レッスン」だろう。その冒頭を引用する。

その朝、少年は言葉を知った。もちろん生まれてからこのかた、彼は言葉を人なみに話してきたし、いくつかの文字を書くこともできた。その年ごろの少年としては、語彙はむしろ多いほうだったたし、実際、彼はそれらをなかなか巧みに使っておどしたり、だましたり、あまえたり、ときには本当のことを言ったりもしていたのだが、それはそれだけのことだった。いまとなっては、ただ使うだけの言葉などというものは、とるに足らぬもののようにも思えるのである。

詩人自身の思春期の反映とおぼしき少年は、有用な意味だけをもつ言葉に対して、それだけではないある重要な価値を発見する。彼は突堤の先端で足をぶらぶらさせているさなかに、ふと「〈海〉という言葉と〈ぼく〉という言葉」の照応に気づき、一種の宇宙的交感を経験する。二つの言葉は大きさを自在に変えながら、実存的恐怖の認識を促すに至る。

急に彼はおそろしくなった。頭の中をからっぽにしたかった。〈海〉も〈ぼく〉も消してしまいたくなった。言葉がひとつでも思い浮かぶと、頭が爆発するんじゃないかと思った。言葉という言葉が大きさも質感もよく分らないものになってきて、たったひとつでも言葉が頭を占領したら、それが世界中の他のありとあらゆる言葉にむすびつき、とどのつまりは自分が世界に呑みこまれて死んでしまうのではないかと感じたのだ。（中略）

一個の未知の宇宙生物にもたとえられる言葉の総体が、一冊の辞書の幻影にまで収斂したとき、彼の戦いは終っていた。海はふたたび海という名のものに戻っておだやかにうねり、少年は手の中のコカコーラのカンの栓をぬき、泡立つ暗色の液体を一息に飲み干して、咳きこんだ。「コカコーラのカンさ」と彼は思った。一瞬前にはそれは、化物だったのだ。

言葉が言葉としての存在をあらわにした瞬間、それは魔的怪異をもつ「化物」となって少年に迫ってくるのだが、その超常現象とは言葉の〈詩〉性に関わる何かにほかならなかった。その本質を内在化した少年は元の現実に戻っていくわけだが、もちろん何事もなかったわけではない。少年はこのとき〈詩人〉になったのだ。

その日から数十年をへて、年老いた彼が死の床に横たわっているとき、なんの脈絡もなくこの出来事を思い出すとしても、それは他のあらゆる思い出と同じく、すでにとらえることの難しい一陣の風のようなものに変質してしまっているだろうが、それ故にそれはまた、失われつつある五感とはまたべつの感覚を刺戟して、彼をおびやかすにちがいない。

詩の脅威と魔力を具体化したイメージとして、この「風のようなもの」以上にリアルな表象を私は知らない。

(思潮社、一九八〇年)

ことばあそびうた　また　1981

言語実験は続く。もっぱら歌を重視した前作『ことばあそびうた』にストーリー性を加えることで重層性を帯びた構造が本作の特徴。遊びの精神は詩精神と同一であり、産みの苦しみは産みの楽しみでもある。瀬川康男の絵も楽しく、耳と目との両方で遊べる一冊だ。それにしても、この先にあるものとは？　二冊目となるとさらなる方向性が気になるところだ。ただの「こ

とばあそび」（のみ）にとどまらず、繊細な意味性にも満ちた短詩を味わいたい。「わたし」全行を引用する。

わたしはわたす
あなたをわたす
あなたへわたす
わたしもり

あなたはあなた
あだしのあたり
わたしはわたし
わたしもり

ずっと後の詩集『あたしとあなた』（二〇一五年）を予告するかのように繊細で質朴な抒情詩だ。三行目の「あなた」は「彼方」、六行目の「あだしの」は「化野」だろう。すると、「わたし」は「あなた」にとって死後の世界への艀の渡し守（ギリシア神話のカロン）という含意をもつことになり、生死のあわいを主題にした深遠な歌ということになる。

素朴な言葉で生死の境界を描いた歌といえば、古くから伝わる童謡や民謡などが思い浮かぶ。平易な言葉を用いながら謎めいた暗示を含む、例えば「マザー・グース」などだ。そういえば、谷川俊太郎が『マザー・グース』翻訳を刊行したのは一九七五～七六年だ。死者との交流というテーマなら、「はかまいり」という作品を挙げることもできる。

かささして
かかかささして
あさかささして
あかさかさして
かんざしさして
かかはかまいり

さかさかし
あさはかまいり
（全行）

漢字かな交じりで書き直すなら、妻または母《かか》が傘をさして朝、赤坂を指して、簪挿して、賢明に墓参りした、という意だろうか。赤坂というのが墓地のある場所であるらしいのだが、朝から傘をさして墓参りに行く女の姿が、なにやら妖怪めいた雰囲気で描かれているように見える。現在の華やかな街区である赤坂のイメージに重ねるなら、この不穏な雰囲気はいっそう都市伝説的な不気味さを帯びてくるのではないだろうか。

もう一つ引用しておきたい。「ほっとけ」。

いけはほっとけ
こけははっとけ
たけはきっとけ
おけはおいとけ
つけはほっとけ
ふけはとっとけ
はけはほしとけ
かけはまけとけ
ごけはほっとけ
みけはかっとけ
さけはさけとけ
やけはやめとけ
（全行）

「〜は〜とけ」の韻を繰り返す「ことばあそび」だが、この「ほっとけ」が私には「仏」と聞こえてならない。やはり異界との交感の歌としてである。

（福音館書店、一九八一年）

わらべうた

1981

数年にわたる言語実験の成果はこの詩集かもしれない。一見ナンセンスな「ことばあそび」が、「うた」を獲得することで、現代詩に失われつつあった音楽を呼び戻そうとする試みだ。この後に続く子供の詩、歌詞、ひらがな詩などへの貴重な一歩、と今なら位置づけられる。当時、そうした展望をもって本作を受け入れた人は（ほとんど）皆無だったと思うが。まず「わるくちうた」から。

とうさんだなんて　いばるなよ
ふろにはいれば　はだかじゃないか
ちんちんぶらぶら　してるじゃないか
ひゃくねんたったら　なにしてる？

かあさんだなんて　いばるなよ
こわいゆめみて　ないたじゃないか
こっそりうらない　たのむじゃないか
ひゃくねんまえには　どこにいた？
（全行）

子供の視点から人生や社会や家庭を描いた詩を、谷川俊太郎はごく初期から書いてきたが、それらは決してかわいらしく純真な（つまり大人が期待するような）子供のイメージに添ったものではなかった。時には残酷で酷薄で意地悪な子供、子供の本音をさらけ出さずにはいなかった。『わらべうた』が出た一九八〇年代頃から、この傾向はますます強くなり、時にはＰＴＡなどから苦情が出るほどだったという。ある意味では露悪的とさえいえるほどの子供の本音は、時に父や母への悪罵というかたちで流出する。「わるくちうた」はその典型的な作品といえるだろう。そんな中にあっても、各々の弱点を素朴に指摘した上で、百年後や百年前に思いをはせるのは、やはり詩人気質の業と見るべきだろうか。

子供の素朴で繊細な感性ということなら、例えば「うんとこしょ」などは、まるでまど・みちおの作品のようだ。

うんとこしょ　どっこいしょ
ぞうが　ありんこ
もちあげる

うんとこしょ　どっこいしょ
みずが　あめんぼ
もちあげる

うんとこしょ　どっこいしょ
くうきが　ふうせん
もちあげる

うんとこしょ　どっこいしょ
うたが　こころを
もちあげる

（全行）

ぞう、みず、くうき、ときた「もちあげる」もののパラダイムに「うた」を加えた時、この作品は〈ことものの詩〉から〈純粋詩〉へと飛翔した。なぜなら、「うたが　こころを／もちあげる」とは、いかにも無心の歌を装いながら、その抽象性と象徴性において、たしかに芸術の域に達しているからだ。
最後に「けんかならこい」を挙げておこう。

けんかならこい　はだかでこい
はだかでくるのが　こわいなら
てんぷらなべを　かぶってこい
ちんぽこじゃまなら　にぎってこい

けんかならこい　ひとりでこい
ひとりでくるのが　こわいなら
よめさんさんにん　つれてこい
のどがかわけば　さけのんでこい

けんかならこい　はしってこい
はしってくるのが　こわいなら
おんぼろけっと　のってこい
きょうがだめなら　おとといこい

（全行）

詩で啖呵を切るならこんな風にありたい、と願わざるを得ないではないか。

（集英社、一九八一年）

わらべうた続

1982

『わらべうた続』には「ゆっくりゆきちゃん」など、後に二次三次使用される名作が多い。そのままふしを付けて歌えそうなものもあれば、実際に作曲できそうなものもある。また、後に絵本や詩画集になった、親しみやすいものもある。一方で、「であるとあるで」のような言語破壊実験もあり、辛辣なブラックユーモアなどもあって油断できない。

まず、作者自身による朗読パフォーマンスでもよく知られている「ゆっくりゆきちゃん」を全文引用する。

ゆっくりゆきちゃん　ゆっくりおきて
ゆっくりがおを　ゆっくりあらい
ゆっくりぱんを　ゆっくりたべて
ゆっくりぐつを　ゆっくりはいた

ゆっくりみちを　ゆっくりあるき
ゆっくりけしきを　ゆっくりながめ
ゆっくりがっこうの　もんまできたら
もうがっこうは　おわってた

ゆっくりゆうやけ　ゆっくりくれる
ゆっくりゆきちゃん　ゆっくりあわて
ゆっくりうちへ　かえってみたら
むすめがさんにん　うまれてた

まず「ゆっくりゆきちゃん」という頭韻をふんだネーミングがユーモラスで、その子供の「ゆっくり」ぶりが執拗に描かれることで読者（聴衆）の笑いを誘う。まさに朗読向けの作品なのだ。学校に着いてみたら学校が終わってた、というところで一度笑いを取って、最後に、娘が三人生まれてたというところでは（前作「けんかならこい」の「よめさんさんにん」と同様に）、不自然で不条理な諧謔が不可解な苦笑を誘っている。この三人の「むすめ」は誰の娘だろう？　謎めいていてなかなか手強い作品である。

「すっとびとびすけ」は、民話的モチーフを特有のユーモアに包んで現代人に差し出した、現代の叙事詩と呼ぶべき怪作である。

すっとびとびすけ　すっとんだ
ふんどしわすれて　すっとんとん
あさめしくわずに　すっとんとん

すっとびとびすけ　すっとんだ
とぐちでころんで　すっとんとん
じぞうにぶつかり　すっとんとん

すっとびとびすけ　すっとんだ
ふじさんとびこえ　すっとんとん
びわこをまたいで　すっとんとん

すっとびとびすけ　まにあった
やっとこすっとこ　まにあった
じぶんのそうしき　まにあった
（全行）

「すっとびとびすけ」と「すっとんとん」のリフレインが楽しい歌だが、富士山を越え琵琶湖を跨ぐほどの巨体は、神話世界の（例えば「八郎潟」の「八郎太郎」

のような）存在以外には考えられない。その存在が自分の葬式に間に合った、というエンディングの意味も深く広くまた多様だ。私などは、これを〈神なき時代〉または〈神々の黄昏以後の小人たちの時代〉への自己追悼歌《オートレクイエム》と呼んでみたくなる。〈死〉は本書の隠れたライトモチーフだ。

最後に、詩人が度々とりあげる「あした」の主題の自己模倣《オートパロディ》を全行挙げておこう。

あしたのしたは　どんなした
ああしたこうした　にまいじた
ゆめをみるまに　だまされる

あしたのあしは　どんなあし
ぬきあしさしあし　しのびあし
かおもみぬまに　にげられる

谷川俊太郎が度々取り上げる「明日」の系列の一篇だが、「あしたのあし」といったダジャレ表現が醸し出す音楽性にこそ、未来の時間の深淵がのぞいている、というのは穿ち過ぎの解釈だろうか。私はそうは思わない。

（集英社、一九八二年）

みみをすます

1982

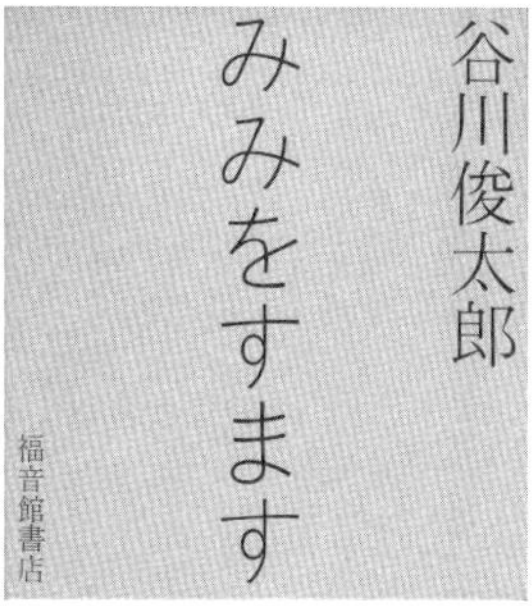

「ことばあそびうた」から「わらべうた」へと続いた言語実験は、次の『みみをすます』において初めて「現代詩」の領域に届くことになった。長編詩六篇から成るこの詩集の帯文には、

（……）和語だけでどれだけ深く広い世界を謳いあげることができるか、著者があしかけ十年にわたって問い続けたことに対する、自らの完璧な回答です。

とあって、谷川俊太郎のいつになく熱い意気込みを伝えている。ここで「あしかけ十年」というのが『ことばあそびうた』以来の十年であることを考えれば、この詩集がことばの〈実験〉を経た後の一つの達成であったことはすぐに想像できるだろう。全一七九行から成る表題作の冒頭を引用する。

みみをすます
きのうの
あまだれに
みみをすます

みみをすます
いつから
つづいてきたともしれぬ

ひとびとの
あしおとに
みみをすます

初期作品以来の主要モチーフである「みみをすます」をキイワードに、大から小まで様々な物音が様々に描写され、さらに、それらの物音に囲まれた〈沈黙〉までが描かれている。これはきわめて当然の結果というべきだろう。というのも、「みみをすます」とは沈黙を発見する行為にほかならないからだ。

やがて
すずめのさえずり
かわらぬあさの
しずけさに
みみをすます

もちろん、「和語だけで」書かれたこの作品に「沈黙」という語は一度も用いられていない。が、様々な物音に囲まれたこの「しずけさ」は、たとえば

生きるために、詩人は言葉をもって沈黙と戦わなければならない。(「沈黙のまわり」『愛のパンセ』一九五七年)

と語られるような、詩人の使命にほかならなかった。この姿勢は、詩「みみをすます」の末尾で次のように敷衍されている。

みみをすます
きょうへとながれこむ
あしたの
まだきこえない
おがわのせせらぎに

みみをすます

やさしいことばづかいの中に、時間の空間化という難業を表明してこの作品は終っている。「きょう」と「あす」の時間の流れを「おがわのせせらぎ」というさりげないイメージで合流させ、ささやくような物音で「沈黙のまわり」を表現している、といってもいい。だが、どのようにパラフレーズしてみても、この六行をよりわかりやすく説明したことにはならない。それでもなお、こうした敷衍をしてみたくなるのは、このように簡潔きわまりない表現で歌われる〈こどもの詩〉がそのまま〈おとなの詩〉として読まれ得る――〈こどもの〉詩が〈おとなの〉詩学に直結している――ことを示す必要があるからだ。言い換えれば〈こどもの詩〉が〈おとなの詩〉に劣らぬ深さと重さをもつことを示すためだ。

詩における〈沈黙〉を表現し切った詩「みみをすます」と並んで、この詩集には、人の誕生から死までを象徴的に描き切った「ぼく」や、対幻想における自意識を追究した「あなた」や、他者性の不条理と不気味を抉り出した「そのおとこ」など、人間の深遠さがさりげなく素朴なことばで綴られている。やはりこの詩集は、初期作品以来三十年にわたる谷川詩学からの「完璧な回答」なのである。

（福音館書店、一九八二年）

日々の地図

1982

様々な求めに応じた集英社シリーズ第二冊。四十歳代後半の頃の生活を反映すると共に、生活の背後に見え隠れする詩的真実を掬い取ろうとの意欲に溢れた作品群だ。表題は美容室の宣伝葉書に書かれた「道」の一部。機会詩にも独自の抒情を織り込むのが谷川流である。「神田讃歌」の前半を引用する。

その街で靴を買ったことがあって
その靴でサン・フランシスコの坂を上った
その街で栗の菓子を食べたことがあって
その香りが秋のくるたびによみがえる

ただ一冊の書物をもとめて
長い午後を夕暮へと歩む街
行き交う無数のひとびとの暮らしを
一行の真理とひきかえにしようと夢見る街

その街で弁護士志望の娘と会って
その娘はいつのまにか詩を書き始めていた
その街で無精ひげをはやした編集者と話して
その男の名は伝説になった

産声に始まって念仏に終る声の流れ
白い畠に黒い種子を播く活字の列

私たちの豊かな言葉の春夏秋冬が
この街の季節をつくっている

古本屋街を彷徨する詩人自身の姿と、弁護士志望の娘や編集者といった他者たちとの交誼が語られ、生の全体を貫く文字や季節への「讃歌」が歌われている。手短ながら詩人の生活を内外から活写したパラダイムといえるだろう。ここから一転して、後半はこうなる。

その街で学生たちの泣くのを見た
あの涙はどこへ消え失せたのだろう
その街で時代の歌を聞いた
その旋律は今も路地にただよいつづける

声高に批判しうつむいて呟き
無表情に計量し怒りつつ語呂をあわせ
この街にかくされている
ありとある思いの重さ

たとえ川は忘れられても
この街に人間の河は絶えない
たとえ祭はすたれようと
この街で人は人に出会いつづける

中年に達した詩人が（おそらく）学生運動に挫折した若者たちに思いを馳せ、時代の歌（例えば中島みゆきの？）に共鳴し、「人間の河」の無窮と普遍を歌い上げる。神田川が忘れられ神田祭りが廃れても、人は流れ人は出会い続ける。前半の個人史的磁場と後半の社会的空間が鮮やかな対比を成し、そこに人の営みに対する詩人の情愛がさりげなく表明されている。このささやかさ、さりげなさもまた、この詩人の重要な美点のひとつだ。そんなさりげない朝の一場面を最後に引用しよう。

隣のベッドで寝息をたてているのは誰？
よく知っている人なのに
まるで見たこともない人のようだ
（中略）
インクの匂う新聞の見出しに
変らぬ人間のむごさを読みとるとしても
朝はいま一行の詩

（「朝」冒頭と末尾）

常に新しく常に珍しい朝こそが「一行の詩」なのだ。この詩の中では「よく知っている人」さえ「ひと」（特定の女性）ではなく「人」（人間一般）なのである。

（集英社、一九八二年）

どきん 1983

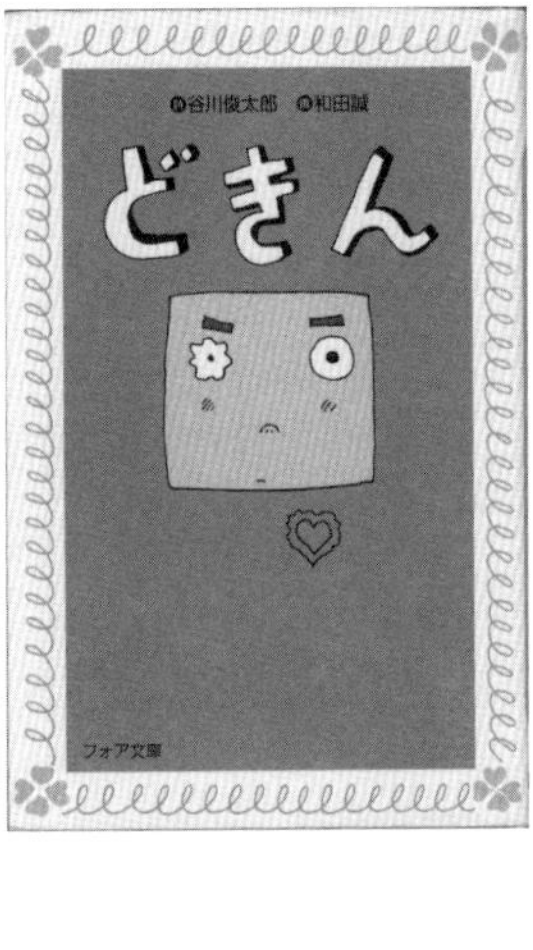

ついに本格的に始まった〈こども〉の詩集第一弾。ことばあそび、童謡、ひらがな詩と続いた言語実験は、〈こども〉の詩による真理発見という思いがけず斬新な様式を生み出した。全三章のうち第一、三章は幼児向けだが、第二章はやや年長さん向けで、大人に目覚めかけた子供の心情を繊細に表している。こども目線の〈真実〉こそが〈詩〉であると言わんばかりに。

「おかあさん」を全行引用する。

ぼくみえる
ひとしずくのみずのきらめき
ぼくきこえる
ひとしずくのみずのしたたり
ぼくさわれる
ひとしずくのみずのつめたさ

おかあさん
ぼくよべる
おかあさーんって

おかあさん
どこへいってしまったの?
ぼくをのこして

一人っ子として生まれ育った者にとって、母の不在あるいは喪失というのは常に強い恐怖であり一種のオブセッションであった、という意味のことを谷川さんはしばしば語っている。そのオブセッションを何の衒いも躊躇いもなくストレートに表現できる手法が〈こどもの詩学〉であることは先に述べた通りだ。名作「春に」を全行引用しよう。

この気もちはなんだろう
目に見えないエネルギーの流れが
大地からあしのうらを伝《つた》わって
ぼくの腹《はら》へ胸《むね》へそうしてのどへ
声にならないさけびとなってこみあげる
この気もちはなんだろう
枝《えだ》の先のふくらんだ新芽《しんめ》が心をつつく
よろこびだ　しかしかなしみでもある
いらだちだ　しかもやすらぎがある

あこがれだ　そしていかりがかくれている
心のダムにせきとめられ
よどみ渦《うず》まきせめぎあい
いまあふれようとする
この気もちはなんだろう
あの空のあの青に手をひたしたい
まだ会ったことのないすべての人と
会ってみたい話してみたい
あしたとあさってが一度《ど》にくるといい
ぼくはもどかしい
地平線《ちへいせん》のかなたへと歩きつづけたい
そのくせこの草の上でじっとしていたい
大声でだれかを呼《よ》びたい
そのくせひとりで黙《だま》っていたい
この気もちはなんだろう

まるで「銀河鉄道の夜」のジョバンニのような（おそらく十一、二歳の）少年の繊細な心情が、無技巧の技巧とも見える達意の文体で表明されている。大地から自身の身体を通過して口から表出する「気もち」は宇宙全体の叫びであり、「よろこび」であると同時に「かなしみ」でもあり、「いらだち」にして「やすらぎ」、「あこがれ」にして「いかり」である。

これら相反する諸感情の総和こそが、少年の憧憬であり憂鬱でもある「何とも云へずかなしいやうな新らしいやうな気」（詩集『十八歳』巻末に引用された宮澤賢治「銀河鉄道の夜」初期形の一節）の正体である。これを谷川さんは、一九九三年の段階で「私の内部に今も住みついている少年」（『十八歳』あとがき）と言い切っている。谷川俊太郎と宮澤賢治については、父・徹三が賢治研究者でもあったことも含めて、別のところで論じたことがあるが、詩集『どきん』はその深い繋がりを感じさせてくれる一冊でもある。

（理論社、一九八三年）

対詩

1983

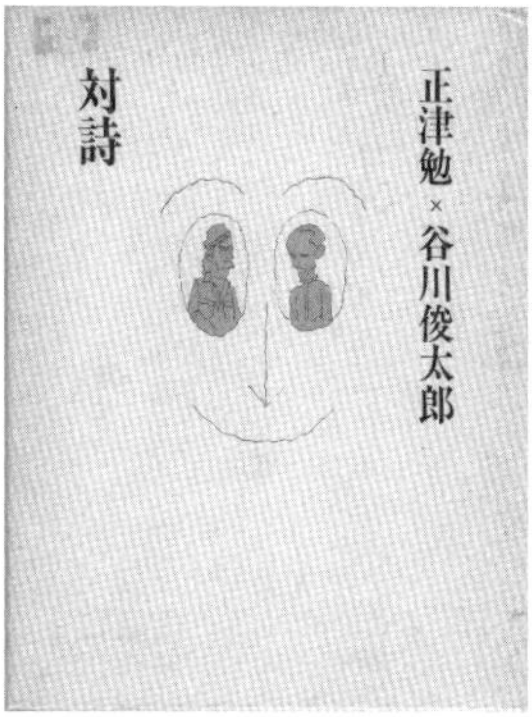

少し前からダイアローグ式の語り詩を試みてきた詩人が、正津勉という具体的な他者を得て「対詩」というユニークなスタイルに到達した。互いの刺激を前提にコンテクストが作られることによる意外なイメージがあって興味深いが、独立した作品としても面白い。「音楽のように」全文を引用する。

音楽のようになりたい
音楽のようにからだから心への迷路を
やすやすとたどりたい
音楽のようにからだをかき乱しながら
心を安らぎにみちびき
音楽のように時間を抜け出して
ぽっかり晴れ渡った広い野原に出たい
空に舞う翼と羽根のある生きものたち
地に匍う沢山の足のある生きものたち
遠い山なみがまぶしすぎるなら
えたいの知れぬ霧のようにたちこめ
睫毛にひとつぶの涙となってとどまり
音楽のように許し
音楽のように許されたい
音楽のように死すべきからだを抱きとめ
心を空へ放してやりたい
音楽のようになりたい

詩人の音楽への憧れについては、彼自身が繰り返し語っているし、私もこれまで何度も強調してきた。この詩などは、その憧れが最も直截にかつ切実に溢れ出した一篇だ。対話においてこそ表出する自儘な本音と呼ぶべきだろう。「音楽」という純粋エネルギー体に託されたポエジーの本質と呼んでも同じことだ。同じく生のままの本音を、ある意味で無防備に漏らした詩「死ぬまでに」を引用する。

死ぬまでに愛することのできる歌は
おそらくみっつ
その歌をくり返しうたうことで
魂は死をおそれなくなる
死ぬまでに愛することのできる街は
おそらくふたつ
その両方に同時に暮らせないことで
私は倦怠を知る
死ぬまでに愛することのできる空は
今のこの空
それをぼんやりと眺めることで
限りある自分から目を逸らす
死ぬまでに愛することのできる女は
——その数を数えることが
愛を殺す
たとえそれがただひとりであるとしても　（全行）

生涯に愛すべき歌、街、空を、それぞれ三、二、一と数えた後に「死ぬまでに愛することのできる女」を数える、という危うく際どい主題を提示しつつ、そのような数え方は「愛を殺す」ものであると切り返し、最後に「それがただひとりであるとしても」と結ぶのは、見方によっては絶妙なずらし方であり、もしかして狡猾であるかもしれない。だが、私はこれを軽妙洒脱な詩人の気取りとはどうしても思えない。なぜなら、これ以前とこれ以後の詩人の生涯に思いを馳せるときに、女性の存在を詩的インスピレーションの源であるかのように、また詩の精霊であるかのように、とらえ続けた詩人の生の全体像がどうしても想起されてしまうからだ。詩集中もっとも異色の作品である「母を売りに」などは、親しい交流のあった寺山修司の影響を受けているにせよ、逆説的な、あるいは自虐的な、女性（母性）思慕の表現として大変興味深いものだ。

（書肆山田、一九八二年）

スーパーマンその他大勢 1983

桑原伸之の楽しい絵（漫画）に詩人が言葉をつけた二十四篇の詩画集。絵本であり詩集でもある。最大の特徴は、桑原の「あとがき」にあるように、絵がイメージとなって「広がりはじめ」たこと。コラボレーションの、特に受けの名手としての本領発揮の一冊だ。作品「課長」などは絵と詩が絶妙のユーモア（とペーソス）を醸し出している。全文を引用する。

課長は恋をしてしまいました
高校生の娘が二人いるというのにね
もちろん奥さんと奥さんのお母さんと
シャム猫とスピッツもいるというのにね
課長は朝ひげをそりながら溜息をつきます
夜テレビで野球を見ながら涙ぐみます
昼間屋上でぼんやり街を眺めます
なのに誰もそういう課長に気がつきません
恋をしていると知ってるのは恋人だけ
課長の恋人も課長に恋をしているのです。

（全行、原文総ルビ。以下同）

絵があらわしている不条理（役に立たぬほど小さな傘を持って雨の中でサボテンに水を注いでいる）などにはまったく触れずに、詩は、課長の道ならぬ恋というフィクションを描き出すことで、その切ない内面をあらわしている。その切なさが、絵に描かれた不条理に活き活きとした具体性を与えているように見える。詩人はここで、いわば絵を出発点に独自の物語を創り出している。画家が「大きなイメージをもって広がりはじめてくれた」（「あとがき」）というのは、例えばこの作品によく当てはまるように思われる。「静止していた絵」（同右）が谷川の詩によって動き始めるのである。もちろん、詩は物語ではないので、その先の細部にまでは立ち入らない。この恋の行方をあれこれ想像してそれぞれの物語を作り出すのは読者の楽しみである。

もう一つ例を挙げてみよう。題は「詩人」。詩人の肖像が田村隆一にどことなく似ているのは愛嬌だが、月、牧場、ポスト、理髪店と、何やら思わせぶりな小道具が目を引くこの絵に、谷川俊太郎はどんな詩をつけているのか。

詩人は鏡があると必ずのぞきこみます
自分が詩人であるかどうかたしかめるのです
詩人かどうかは詩を読んでも分からないが
顔を見ればひとめで分かるというのが持論です
詩人はいつの日か自分の顔が
切手になることを夢見ているのです
できればうんと安い切手になりたいんですって
そのほうが沢山の人になめてもらえるから
詩人の奥さんは焼そばをつくりながら
仏頂面をしています

（全行）

軽快なタッチながら、それなりに立派な詩人論になってはいないだろうか。「詩人かどうかは詩を読んでも分からない」というのはみごとなアイロニーで現代における詩人像を言い尽くしているし、「顔を見ればひとめでわかる」というのも、逆説的詩人論として、少なくとも読者への鋭い問い掛けにはなり得ているだろう。後半では、そんな詩人の意外な願望と「奥さん」のキャラクターが組み合わされて絶妙のユーモアを醸している。桑原伸之の絵が漂わせている比較的シリアスな表情の詩人を裏切るかのように書かれた谷川の詩は、しかし、その無表情の裏に秘められた人間的欲望を暴き出すことで、いわば絵と詩のコントラストの妙を醸し出している。絵と詩が対話を交わしている、と言ってもいい。ここでもまた、静止した絵に動きを与えるという詩人の本領が発揮されている。さらに、詩「果物屋さん」では、ついに、詩人の正体が示されさえしているのだ。宇宙人とは私だ、といいたいのだろう。

宇宙人の喋る言葉をこの耳で聞きたいと言うと
果樹園の主人は何故か黙りこんでしまいます

（グラフィック社、一九八二年）

手紙

1984

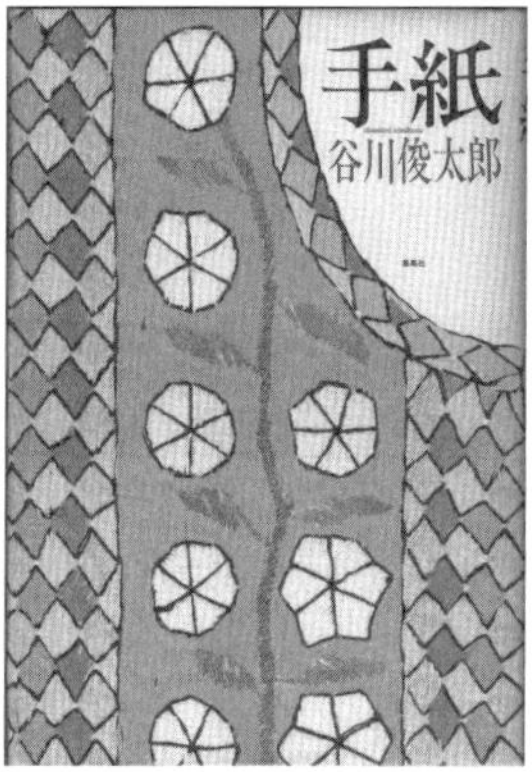

集英社シリーズの三冊目。相変わらず多様な依頼に応えつつその時々の独自な抒情を滲ませる書き方は、ここにきていよいよ深まってきた。明治のうたびとたちへの頌歌や追悼詩や写真詩に新鮮なひらめきがあることも特徴の一つだが、それ以上に、恋愛詩が多くなっていることもこの時期の特徴といえるだろうか。表題作「手紙」を全行引用する。

電話のすぐあとで手紙が着いた
あなたは電話ではふざけていて
手紙では生真面目だった
〈サバンナに棲む鹿だったらよかったのに〉
唐突に手紙はそう結ばれていた

あくる日の金曜日（気温三十一度C）
地下街の噴水のそばでぼくらは会った
あなたは白いハンドバックをくるくる廻し
ぼくはチャップリンの真似をし
それからふたりでピザを食べた

鹿のことは何ひとつ話さなかった
手紙でしか言えないことがある
そして口をつぐむしかない問いかけも
もし生きつづけようと思ったら

星々と靴ずれのまじりあうこの世で

一見軽いタッチながら、実はかなり真面目な（切実なといってもいい）切羽詰まった関係性が浮かんでこないだろうか。そもそも「サバンナに棲む鹿」というのがデペイズマンで、現実にはあり得ない存在様式の隠喩だ。それは「手紙でしか言えないこと」である。

詩「疲労」は、こうした違和と切実にまみれた生活の中でふと訪れた、覚悟と疲労と慰撫の感覚を、誠実にかつ哀愁をこめて描いた秀作といえるだろう。この詩人にはめずらしい、だが時折（何年かに一度ほど）あらわれる、感傷的な瞬間の描写だ。

美しい初冬の午後を
深い疲労のうちにすごした
石で積まれた礼拝堂の内部に
ギターの音が響き

音楽は暖かい人の手のように
魂の上に置かれたが
それを慰めと感ずるほど
疲労のわけは単純ではなかった

もつれにもつれたものを
解きほぐすのは言葉しかないと
そう覚悟しながら
たとえば束の間のまなざしのうちに
言葉にならぬ意味を読みとり
疲労そのものを
詩として生きようとする
こっけいな努力！

古い旋律がどうしていつまでも
こんなに新しいのだろう
芝生の上に立つ聖母マリアは

足元にりんごをくわえた蛇を踏みつけ
一瞬に終る歓びとちがって
疲労は数千年にわたって私たちに
美しい幻のかずかずをもたらしてきたと
そう思っていいのだろうか
（全行）

知命を過ぎた詩人にいったい何が起こったのかと勘ぐりたくなる作品だ。現実における齟齬が作品に反映していると思わずにはいられない。「疲労そのものを／詩として生きようとする」ことを「こっけいな努力」と揶揄しつつも詩人は「古い旋律」に「美しい幻」を見出してなおも詩に生きる決意をする。「デタッチメント」の詩学を裏切るかのようなこの決意は、なおこの先十年ほどの（『世間知ラズ』までの）詩作を支えていくことになる。

（集英社、一九八四年）

日本語のカタログ　1984

この本は沢野ひとしさんや山岸涼子さんのマンガ、ビデオのプリント、写真、谷川さんの足型などなどが入った過激な新詩集、定価は1500円です。それからこのトレシングペーパーのカバーは書店で本が汚れないよう付けました。ジャケットはリボン付です、あなた風に結んでみてください。思潮社
谷川俊太郎の
shuntarô tanikawa
日本語のカタログ
「詩的なるもののカタログ」そんな考えが、不意に彼を襲った。電車の吊皮につかまって、ぼんやりと埋め立てられた運河の上の雑草の緑を見ていたときのことである。この世で五感のとらえることのできるほとんどのものが、詩的であることを彼は疑っていないから、そのカタログは尨大なものになるだろうが、そのうちのいくつかを、いわばサンプルとして提示することは左程難かしくはない。問題は「詩的なるもの」と「詩」との関連のさせかただ、と彼は考えつづける。「詩的なるもの」をいくつ集めたって「詩」にはならないと、そう考えるべきか。それとも「詩」の観念をむしろ「詩的なるもの」と同じ次元までひきずりおろすべきか。

思潮社シリーズ第四弾は引き続き実験的作品群。表題作は他人の文章によるコラージュだが、他にも日本語の可能性を追求する作品が並んでいる。「詩」と「詩でないもの」との葛藤がおもな主題だ。詩「アルカディアのための覚書（部分）」の一部を引用する。

さまざまな色合の空瓶を溶かし直して作られた灰色の硝子のむこうに、雑草の生い茂る庭とおぼしい空間がひろがり、一人の老婦人が綱渡りの稽古をしているのが見える。

前半の硝子が詩で後半の雑草が詩でないものとすれば、綱渡りをする老婦人は両者の葛藤、つまり「詩的なもの」である。

4トマト・ジュース
そのような飲料は存在しない。
この上なく簡潔な否定文は存在自体の否定であり、ゆえに詩的言語の肯定である。

5かなしみ
かなしみについて語ろうとすれば、かなしみは消え去る。そのことを熟知しているこの土地の住民は、かなしみに襲われると、少量の塩を掌にとって嘗めるが、大声で泣き喚く者もまた隣人によって祝福される。

「かなしみ」は谷川作品の至るところで鳴り響く主旋律だが、ここではその逆説的価値が示されることで、「祝福」への価値転換が図られる。ここにもまた、詩と詩でないものとの葛藤が描かれていることがわかる。

6犬
犬どもは街路を跳ね廻る。主として路上に落ちているどんぐり等の木の実を食べる、稀に蟻や羽虫の類も食べる。彼等は人間に尻尾を振らぬ。互いに鼻を嗅ぎあって自足している。故に皆、名前がない。

ボードレール（の特に散文詩）以後の詩人にとって

「犬」とは、放浪、無宿、独立の表象であり、何よりも自由を尊ぶ精神の象徴だった。匿名であることはその自由の表れだ。

8風船

風船を紐につなぐことは、法の名によって禁じられている。

空に舞い上がる「風船」の能力は（例えばジャン・コクトーのような詩人にとって）モダニズムの象徴だが、その力を「紐につなぐこと」が法によって禁じられる、というのは大いなる矛盾であるが故に詩的現象と言える。

10詩

各人は一日の任意の時間に、任意の出来事を詩として観想することを期待されている。それを言語化する義務はない。

詩は常に求められ続けるべきものでなく、「任意の」時間と出来事に限られた局面において発見され定着されるもので、詩人といえども「それを言語化する義務はない」。これらの作品群は、詩を自らの宿命とし使命ともする呪縛から逃れて、楽しみであり娯楽と考えてもよいという谷川詩学が、さりげなく散りばめられた「カタログ」なのだ。（思潮社、一九八四年）

詩めくり

1984

この年三冊目の詩集は二行から七行までの短詩三六六篇から成る。タイトルは「日めくり」のもじりで、「カタログ」の変種とも見える。元旦から大晦日までの日付が入っているが、その日付に特に意味はない。ユーモア、ウィット、アイロニー、ナンセンス、詩論と、なんでもありだ。いくつかを引いてみよう。

一月十七日
蛇口をひねると水が流れ出すというのは
時間と空間にかかわる複雑な因果の連鎖の
ひとつの結節点と言えるのだから
だからだからどうしたの？

（全行）

アフォリズム的な蘊蓄を述べた後で、その意味内容を無化するかのような疑問文で終わるというのは、この後の谷川作品でしばしば用いられる辛辣なユーモアの走りだ。

六月十二日
私の核弾頭付ミサイルどこへ置いた？
と妻がきいた
冷蔵庫の上
と夫が答えた

（全行）

核弾頭付ミサイルという物騒な兵器を冷蔵庫の上という日常的な場に置く、その不条理とナンセンスが、意表をついたサブカルチャー的センスを際立たせている。この詩集を刊行したマドラ出版が広告業界の出版社だったことも想起しておこう。

十月六日
鯨は大きい
私は小さい
その前提を曖昧にする思考を
私は憎む
と誰かが明言する必要がある
（全行）

巨大な生物を引き合いに出すことで自らの卑小さを述べるのはいかにも谷川さんらしい物言いだが、その事実にいかなる曖昧さも許容しないという態度は、あまり見ないものだ。

十二月一日
何もしないということも
何かをすることの一変奏に過ぎぬという
平明な事実がその夜
きわめて美しい七十六歳の元娼婦によって
満員の国立小劇場において立証されたと
若い批評家は感じた
（全行）

自らを「批評家」と称するのはめずらしい。

十二月二十三日
ああマヘリアは歌った七月の大気をふるわせ
私は歌う私は自由だからと
その歌声は引用できない
クリステヴァにすら
（全行）

ゴスペルのマヘリア・ジャクソンはこの時期の谷川さん偏愛の歌手だったようだが、その音楽の本質は（最先端の思想家たる）ジュリア・クリステヴァにさえ、分析はおろか引用さえできない。批評に対する芸術の優位の表明であり、音楽＝芸術の絶対性の表明だ。

十二月三十一日
これで私には仏領ギアナについて何ひとつ
語る資格はないことが分かったろう
実際私はそこに近づいたこともなく
そこに行くことを空想したことすらない　（全行）

詩人が無力であることは本質的であることと矛盾し合うことではない。一年のカレンダーはそうした不可能の発見で結末を迎えている。

（マドラ出版、一九八四年）

よしなしうた　1985

ソネットの亜種といえる十四行詩（七行＋七行）が三十六篇。一九九一年発行の〈国際版〉では英訳がついていて、そのタイトルは「SONGS OF NONSENSE」。ブレイクの『SONGS OF INOSENSE 無心の歌』のもじりだという。総ひらがな詩なので子供の詩に見えるが、実は相当にホラーでブラックな、哲学的とさえ呼び得る「大人の」作品群だ。例えば、「ゆうぐれ」

などはこの人にしか書けない、深く暗いライトヴァースである。

てんきのいいのは　ふゆかいである
そらがぬけるように　あおく
そよかぜが　ふくともなくふいているのは
ひとを　ばかにしているとしかおもえない
だが　そのおなじてんきが
ゆかいでたまらないときも　あるのである
そうおもうと　よけいふゆかいである

（「てんき」前半部のみ）

「ゆかい」と「ふゆかい」の両義的価値をこれほど平明なことばでいい当てた例を私は知らない。後半では、あらゆる「てんき」を理想としながらも「ふゆかい」に思うことを「たのしみのひとつ」と考え、人の自由と不条理を発見している。慧眼と言わざるを得ない。

ぼくはふしぎが　だいすきなんだ
と　そいつはいった
ふんふんと　ぼくはこたえた
ぼくはふしぎが　だいっきらいさ
と　そいつはいった
へいへいと　ぼくはこたえた
むじゅんしてるかなと　そいつはいった

じんせいって　そんなもんさ
と　ぼくはこたえた
いまいったこと　みんなうそ
と　そいつはいった
てつがくかい？　と　ぼくはたずねた
ばかにすんなよ　あとがこわいぜ
と　そいつはすごんだ

（「ふしぎ」全行）

「ふしぎ」と「うそ」をめぐる哲学が議論される様が、磊落な中にもすごみをもって描かれていて、案外人の世の争いとはこんなものかもしれないと思わせる説得力をもっているのがふしぎだ。

あなたはおおげさねと　おんなはいう
あのひとは　ぼそぼそはなしただけよ
ぺらぺらしゃべったりは　しなかったわ
いやむしろ　がみがみわめいてたよ
ぶつぶつと　おとこはいう
あなたみたいに　うじうじいうのよりいいわ
さばさばと　おんなはこたえる

ろりくいちっぷきゅりりりりと
かごのなかの　ことりがさえずる

おんなのみてる　まんがのなかで
ズテテッと　しゅじんこうがずっこける
まどのそとに　ぽつんとかかしがたっている
きらきらかがやく　まなつのひのもとで
せかいは　ほとんどおんがくであった

（「オノマトペ」全行）

前半で六つものオノマトペを乱発し、後半では聞き慣れない（オリジナルの）オノマトペを披露したかと思うと、さらに三つのオノマトペを重ねた後に、音楽としての世界を発見する、という、いかにも谷川俊太郎らしい結末を導いている。このノンシャランスもまた、NONSENSEの一つなのだろう。

（青土社、一九八五年）

いちねんせい

1988

三年ぶりの新刊詩集は、和田誠の絵も楽しい絵本詩集。五十六歳の詩人が小学一年生になりきって、思う存分その幼児性を発揮し、オノマトペ、悪口、悪戯、地口等を自由自在に繰り広げる。そんな中にも、時にはっとさせる発見もあり、子供の詩の可能性を大きく広げた一冊と言える。「たかしくん」を全行引用する。

わたしは　たかしくんが　すき
たかしくんは　かおが　いい
めが　おおきくて
ほっぺたが　やさしい

わたしは　ゆめを　みました
たかしくんと　ふたりっきりで
あふりかへ　いったゆめ
ぞうが　がおうと　ほえました

わたしは　たかしくんが　すき
でも　どうすれば　いいか　わからない
てがみを　かきたくても
まだ　じが　みっつしか　かけないの

四行三連という端正なスタイルの中に、幼い（字が三つしか書けない）女の子の内面を素早くスケッチすることで、子供なりのもどかしさや焦りや逡巡を鮮やかに描き出している。
次に、いかにも子供らしい悪態を列挙した作品「わるくち」を挙げてみよう。

ぼく　なんだいと　いったら
あいつ　なにがなんだいと　いった
ぼく　このやろと　いったら
あいつ　ばかやろと　いった

ぼく　ぼけなすと　いったら
あいつ　おたんちんと　いった
ぼく　どでどでと　いったら
あいつ　ごびごびと　いった

ぼく　がちゃらめちゃらと　いったら
あいつ　ちょんびにゅるにゅると　いった

ぼく　ござまりでべれけぶんと　いったら
あいつ　それから？　といった

そのつぎ　なんといえばいいか
ぼく　わからなくなりました
しかたないから　へーんと　いったら
あいつ　ふーんと　いった
（全行）

『よしなしうた』のところでも述べた独自の（独創的）オノマトペを五つ続けた後に、突然おとずれた沈黙と、奇妙な呼応（「へーん」と「ふーん」）が、二人の子供の交感をさりげなく示している。
本詩集には、次のような、「ことばあそびうた」の進化形のような作品まであって、さらに先の展開から目を離せない。作品「って」。

あさってきてって

きてまってて って
まってて あって て って
あって つれて って て って

きって かって って
かって は って って
はって もって て って て って
もって て って て だして て って て って

（全行）

促音便を多用した、いかにも子供らしいことば使いの中に、新しい詩的リズムの可能性を示唆しているようで、なかなか油断できないフレーズだ。「ことばあそび」以来の言語実験がさらにヴァリエーションを増やしつつ新しい展開に向かおうとしている。ここで詩人はあたらしい「いちねんせい」なのだ。

（小学館、一九八八年）

はだか 1988

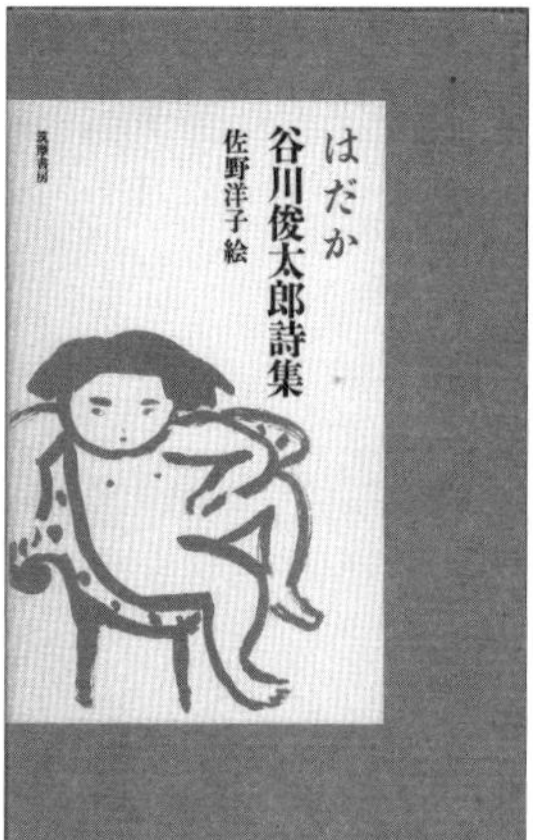

全二十三篇、総ひらがな表記の子供目線の作品集。佐野洋子の挿絵が、単に可愛いだけでなく、一種の不気味さ不条理さを滲ませているように、全作品が複雑で不思議な子供心を微妙に描き出している。名作「さようなら」にはここで触れないが（別のところですでに詳しく触れた）、他にもかなり怖い作品がある。まず表題作「はだか」から。

ひとりでるすばんをしていたひるま
きゅうにはだかになりたくなった
あたまからふくをぬいで
したぎもぬいでぱんてぃもぬいで
くつしたもぬいだ

よるおふろにはいるときとぜんぜんちがう
すごくむねがどきどきして
さむくないのにうでとももに
さむいぼがたっている
ぬいだふくがあしもとでいきものみたい
わたしのからだのにおいが
もわっとのぼってくる
おなかをみるとすべすべと
どこまでもつづいている
おひさまがあたっていてもえるようだ
じぶんのからだにさわるのがこわい

わたしはじめんにかじりつきたい
わたしはそらにとけていってしまいたい　（全行）

ここに幼い女の子の微妙なエロティシズムを感じて戸惑った読者も多かっただろう。もちろん、詩に禁忌や忖度は不要だ。

めをつむっているからくらいんじゃない
めをあけたってまっくらだってわかってる
ねむってしまいたいけどおかあさんが
がけからおちるゆめをみそうでこわい
みちをあるいてくるくつおとがする
でもあれはおかあさんじゃない
ひるまがっこうからかえってきたら
かれーつくりながらびーるをのんでいた
おかあさんまたのんでるっていったら
はいまたのんでますっていった

それからおかあさんはでかけた
いまどこにいるのおかあさん
もうでんしゃにのってるの
まだどこかあかるいところにいるの
だれとはなしてるの
わたしともはなしをしてほしい
かえってきてほしいいますぐ
ないてていもいいからおこってていもいいから

（「おかあさん」全行）

平明なフレーズが並んでいるだけの詩なのに、この分かりにくさはどういうことだろう。ひとりの女の子がなかなか家に帰らない母親を待っている、というだけの詩だ。眠るのが怖くて起きているのならなぜ灯をつけないのか？　母親はキッチンドリンカー？　なかなか帰らないのは外で男と会っているから？　最終行は、母親が時に泣いたり怒ったりしながら帰ることを暗示している。

この家族の肖像は決して明るい幸福なものではない。かといって、破局や崩壊と呼ぶほどの不幸があるわけでもない。せいぜい夜なかなか帰らない（夕食を支度するぐらいの余裕はある）母を待つ寂しさ程度の不幸である。よくあることだ。だが、このよくあること、という程度の不幸感が読者の琴線にそっと触れてくる。程度の差と頻度の差こそあれ誰にも経験のある不安、不穏、寂寥をデリケートに描いた作品なのだ。このような脅えは、大人になっても払拭されるわけではない（実は私にもある）。詩人は、ふだん理性と習慣の背後に隠蔽されているだけで決して消滅はしない〈こどもの孤独〉を描いているのである。

（筑摩書房、一九八八年）

メランコリーの川下り　1988

英訳付きで日米同時発売という新企画。短めの作品と長い作品が混在して一種のカオスを醸しつつ、それでも強靭なモチーフに貫かれた、思潮社シリーズの第五弾だ。珍しく生活の困難を反映し表題作に描かれる鬱は深刻。

なんといっても、全五百行近い長編の表題作に注目しなければならない。まず冒頭部分。

東むきと西むき
ふたつの窓を開け放っておくと……夜
空気が……忍び足で入ってきて
部屋の中をそっとうかがい……また
出て行く気配がする……

何かをもってきたのか……それとも
何かを……もち去ったのかさだかではないが……

全体として長編詩ではあるが、作品は頻繁に「＊」によって寸断され、あたかも断章の連作のようにも見える。もう一つの特徴は「……」の多用で、いつになく歯切れの悪い印象を与えている。それというのも、きっぱり断言できない焦燥、苦悩、憂愁といった抑鬱的な気分が本作品の何よりの特徴だからだ。

たとえ……言葉をもっていたとしても
蝶は……人に話しかけない……
でも蝶は形をもっていて
ためらいがちに……人を
言葉へと誘う……
ひとつの言葉から……その言葉の奥の……
もうひとつの言葉へ……さらにまたその奥の
……言葉へと……いつまでも

言葉へのこだわりはいよいよ執拗になって、オブセッションの領域にまで及んでいく。その端的な形象が「蝶」である。なぜなら蝶とは心性＝霊魂《プシュケー》の喩であるからだ。

音楽はいつも終わってしまう
終わるくらいなら始まらなければよかったのに
女のあのときの声そのままに
ヴァイオリンは高みへ高みへとかすれていった
もう聞こえないその音のせいで……静寂は失われ
耳はきりなく渇きつづける

やはり言葉の宿命が追求され、それと対をなすかたちで沈黙が語られていく。言葉と沈黙の葛藤は様々な像を呼び、観念を呼ぶことで、ますます詩人を追い詰めていくことになる。これほど深い絶望を宿した谷川俊太郎は他の詩集には見られない。最後の一節を引用する。

……書くために
書かないでいることを学び……
書く……ために
もう一度初めから……
書きかたを覚える

その学校には誰も……いない
ざらついた木の床に……
陽が射していて
遠くからかすかに……おまえの声が
聞こえているだけで……

「書く」行為に対する根源的な懐疑と、それゆえの沈黙は、もう少し後の「十年の沈黙」を予告するもので、その萌芽がすでにここにあらわれていることを、当時はだれも見抜けなかった。もちろん今の読者にはわかる。

（思潮社、一九八八年）

生の転換期に　1990-1999

魂のいちばんおいしいところ

1990

長い期間にわたって書かれた作品の集成ということで、内容もスタイルも多岐におよんでいるが、これも谷川作品の特徴の一つ。例えば、長年翻訳してきたシュルツの漫画の登場人物たちを描いた楽しい作品「「ピーナッツ」のみんなに」や、歌を意識して（歌詞になるように）三番までの有節形式で書いた「三つのイメージ」（三善晃によって作曲された）など、いよいよ引き出しは豊富になるばかりだ。いくぶんコミカルな巻頭作を、十七年後の詩集『私』の巻頭作と比べてみるのも面白い。どちらもタイトルは「自己紹介」。ここでは一九九〇年の方を紹介する。

時に私はとほうもない馬鹿になり
とりかえしのつかぬあやまちをおかし
平然としてキァンティなど飲んでいる
そんな私に誰も気づかない

時に私は一介の天使となり
すべてを慈悲の眼でみつめ
ゆり椅子におさまって昼寝している
そんな私に私も気づかない

時に私は何ものでもなくなり

じわじわと怪物のように時空に滲み出し
水洗便所で流されてしまう
そんな私をフェラリも轢くことができない　（全行）

まるで四コマ漫画のような（実際には三部構成だが）軽快な筆致で、馬鹿になったり天使になったり怪物になったりする、詩人の多重人格性が、簡潔に、だが精緻に描かれている。水洗便所で流される詩人の自画像は、はるか以前の詩集『21』（一九六二年）に収録された「黄いろい詩人」と呼応するものだし、「フェラリ」への言及はいかにも自動車好きの詩人らしい愛嬌＝冗句だ。

本詩集には、女性一人称によるデリケートな作品「わたしの捧げかた」などもあって、谷川ワールドの広がりを忌憚なく示しているといった趣きだが、なんといっても重要かつ魅力的なのは表題作「魂のいちばんおいしいところ」だろう。全行を引用する。

神様が大地と水と太陽をくれた
大地と水と太陽がりんごの木をくれた
りんごの木が真っ赤なりんごの実をくれた
そのりんごをあなたが私にくれた
やわらかいふたつのてのひらに包んで
まるで世界の初まりのような
朝の光といっしょに

何ひとつ言葉はなくとも
あなたは私に今日をくれた
失われることのない時をくれた
りんごを実らせた人々のほほえみと歌をくれた
もしかすると悲しみも
私たちの上にひろがる青空にひそむ
あのあてどないものに逆らって

そうしてあなたは自分でも気づかずに
あなたの魂のいちばんおいしいところを
私にくれた

上質のメルヘン的雰囲気や、まるで創世記のようなイメージ、それになんといっても、全面的な信頼に満ちた愛の表現、といった特質から見て、谷川さんがこの時期に親密になった佐野洋子さん（の作品と人格）の影を私などは感じてしまうのだが、そうした詮索など抜きにしても、この詩に無条件とさえいっていい（あるいは宗教的と呼んでもいい）慈愛を感じるのは私だけではないだろう。

（サンリオ、一九九〇年）

女に 1991

還暦間近の詩人による純愛詩三十六篇。すべて数行の短詩に佐野洋子の挿絵が付く書き下ろし詩集だ。「未生」から「後生」まで、互いの生のすべてを暗示し隠喩し寓意するかのように、詩と絵は密接に結びつき、具体的な生と生活の細部までも浮き上がらせようとしている。本欄で絵を紹介できないのは残念だが、詩と絵はまるで双子のように響き合っている。互いの

幼年期について示唆的な場面をいくつか描いた後、二人はついに出会いを実現する。

始まりは一冊の絵本とぼやけた写真
やがてある日ふたつの大きな目と
そっけないこんにちは
それからのびのびしたペン書きの文字
私は少しずつあなたに会っていった
あなたの手に触れる前に
魂に触れた
（「会う」全行）

出会いを一瞬の出来事とはせず「少しずつ」「会っていった」というのは、この詩人らしくない慎重さであり臆病さでもある。身体に触れる前に「魂に触れた」というのも、いかにも懇切で丁寧な態度だ。この気弱なまでの精神は、より即物的な「心臓」の運動に喩えられている。

それは小さなポンプにすぎないのだが
未来へと絶え間なく時を刻み始めた
それはワルツでもボレロでもなかったが
一拍ごとに私の喜びへと近づいてくる
（「心臓」全行）

年老いてなお「未来へと」リズムを刻まざるを得ない「心臓」は、その疲労にも倦怠にもまして更なる「喜び」をもたらしてくれる。

より具体的に日常生活に密着した「ここ」というタイトルの短詩もある。

どっかに行こうと私が言う
どこ行こうかとあなたが言う
ここもいいなと私が言う
ここでもいいねとあなたが言う

言ってるうちに日が暮れて
ここがどこかになっていく

（「ここ」全行）

詩人と画家の放浪する魂は、他所に居所を探し求めるのではなく、今いる此処を何処かに変えてしまう。今・此処にある現実こそが異界であり、異界とは現実の別名にほかならない。なぜなら二人は魂の旅人であるからだ。

還暦を迎えた詩人は、〈死〉への旅立ちを意識しつつ、なお〈生〉ある未来への希望を次のような詩句に託している。

たった今死んでいいと思うのにまだ未来がある
あなたが問いつめ私が絶句する未来
原っぱでおむすびをぱくつく未来
大声で笑いあったことを思い出す未来
もう何も欲しいとは思わないのに
まだあなたが欲しい

（「未来」全行）

明るくはかなげでしかも幼い「未来」とは、本当は未来における（ノスタルジックな）過去ではないだろうか。未来完了形とも呼ぶべき視点から「まだあなたが欲しい」とは、いかにも自然で天然な詩人の本音ではないだろうか。この時から三十年後の現在、私たちの視野に映るのは、人間としての生き直し＝死と再生を図る、あくなき詩人の業ではないだろうか。

私ハ火ニナッタ
燃エナガラ私ハアナタヲミツメル
私ノ骨ハ白ク軽ク
アナタノ舌ノ上デ溶ケルダロウ
麻薬ノヨウニ

（「死」全行）

死んだのは「私」なのか「アナタ」なのか。どちらでもありどちらでもない非人称存在だ。もはや霊的存在とでも言うしかない何かだ。

（マガジンハウス、一九九一年）

詩を贈ろうとすることは　1991

多様な依頼に応えた集英社シリーズ第四冊。五十歳代における生活の変化を反映しつつも、静寂と沈黙を希求する姿は不変だ。祝婚歌、追悼詩をはじめ機会詩も多いが、決して美辞麗句は用いない。時に辛辣さもあるが冷たくはない。そこに感じられるのは詩の温もりだ。

誰にもあげることはできないのだ
詩はネクタイとはちがって
私有するわけにはいかないから
書かれた瞬間から言葉は私のものでも
あなたのものでもなく万人のもの
どんなに美しい献辞を置いても
どんなに個人的な思い出を連ねても
詩を人目からかくすことはできないだろう
当の詩人のものですらないのだから
詩は誰のものでもありうる
世界が誰の所有でもないのに
すべての人のものであるのと同じように
詩は微風となって人々の間をめぐる
稲妻となって真実の顔を一瞬照らし出す
アクロスティックの技巧をこらして
愛する者の名をひそかに隠してみても
詩人の望みはいつも意味の彼方へとさまよい
おのが詩集にさえ詩を閉じこめまいとする
詩を贈ろうとすることは
空気を贈ろうとするのに似ている
もしそうならその空気は恋人の唇の間から
音もなくこぼれおちたものであってほしい
まだ言葉ではなくすでに言葉ではない
そんな魂の交感にこそ私たちは
焦がれつづけているのだから
こんなふうに言葉に言葉を重ねながら

（「詩を贈ることについて」全行）

詩集表題とは微妙に異なるタイトルのこの作品は、「詩は万人のもの」で誰にも所有できない、という詩人の考えを明確に断言した詩として、特に際立った一篇である。それにしても、「詩を贈ろうとすることは／空気を贈ろうとするのに似ている」とは、みごとにポエジーの本質をついた名言とはいえないだろうか。

時に微粒子に、時に波動にも例えられるポエジーの〈かたち〉を、ここでは「空気」と言い切っているのだから。谷川作品はその後四半世紀の間に、ますますポエジーの本質へと触手を（それも多方面から）のばし続け、今なお多様に詩の色、音、匂い、味、手触りを描き続けている。

詩集「あとがき」で谷川さんは「この十年ほどの間に、自分の詩が少しずつ変わってきたと思う」と書き、その原因として「父母の死、恋愛、離婚、自身の老い」などを挙げている。やはり還暦（頃）とは、詩人にとってもまた人生の大きな転換期なのだ。感覚的官能になおこだわろうとする魂を、たとえば詩「桜」に読み取ることができる。

花弁五個　雄しべ約三十五本　がくは壺形
校庭に咲いてるそれをむしりとり
教室で虫眼鏡で観察し
小学生のころは
桜の花とはそういうものと思っていた

だがよわい耳順に近づいて
桜の花に目の焦点が結べないのに気がついた
老眼のせいではあるまい
遠ざかって見ようとすれば
桜は得体の知れぬものに変わる

霞のように無数の花がたなびくさまは
この世の眺めとは言いがたい
（根元に死体が埋まっているとは信じないが）
色はほとんどしゃれこうべ色
それなのにほのかに血の透くあでやかさ

「はなをこえて／しろいくもが
くもをこえて／ふかいそらが」

昔そんな詩句を書いたことがあって
その花を異国の大学生は水仙と間違えた
視線は地上に向いてはいなかったのに
（全行）

第一詩集に収録した作品「はる」への自己諧謔は、十八歳時の繊細な官能を呼び戻す方法だったのかもしれない。
（集英社、一九九一年）

子どもの肖像
1993

初の本格的コラボ写真詩集は百瀬恒彦が撮影した子供たちの写真への作品群。一人ひとりの子供の個性を鋭く描き、まるでその子が考えている内容を代弁しているかのような自然さにまとめている。どんな年齢の子にもなり切れる才能が開花した一冊だ。

例えば、二歳の男の子を撮影した百瀬さんの写真に谷川さんが書いた詩を挙げてみよう。

なくぞ
ぼくなくぞ
いまはわらってたって
いやなことがあったらすぐなくぞ
ぼくがなけば
かみなりなんかきこえなくなる
ぼくがなけば
にほんなんかなみだでしずむ
ぼくがなけば
かみさまだってなきだしちゃう
なくぞ
いますぐなくぞ
ないてうちゅうをぶっとばす

（「なくぞ」全行）

今にも泣き出しそうな一瞬をとらえた写真家絶妙のテクニックにも感心するが、その一瞬のうちに渦巻く子どもの感情エネルギーを爆発的な暴力の位相で表現した詩人の憑依能力にはただ感嘆するしかない。もちろん、二歳の子どもはこんなふうな言葉を用いて内面を表白したりしない。だが、その心に渦巻く無意識的な感覚に、もし言葉というかたちが与えられるなら、子どもはきっとこんな言葉で感情のエネルギーを爆発させるにちがいない。おとなと子どもを自在に往還する谷川詩学が絶妙のタイミングで子どもの緊迫感と出会った、その一瞬のポエジーがみごとに写真との対話を成立させた一例といえるだろう。

写真の不思議に注目した文学者はこの百五十年ほどの間に多くいた。フランスの思想家ロラン・バルトは、『明るい部屋　写真についての覚書』（一九八〇年、邦訳は花輪光、みすず書房、一九八五年）の中で、写真の機能を「ストゥディウム（共同の知識）」と「プンクトゥム（突き刺すもの）」に大別し、既知の事柄の再認の中に突如として出現する未知の刺激、発見、驚異を写真の魅惑であり魔力であると定義した。谷川俊太郎の写真詩も、「ストゥディウム」に突如として「プンクトゥム」を生じさせる運動体ではないだろうか。

次に挙げるのは、『子どもの肖像』の中で、唯一兄妹を被写体にした写真である。しっかり握り合った手が印象的、と見るのは、詩集『絵本』の手の写真の残像のせいだろうか。幼年期の無垢に浸る少女の顔が、緊張の中にも兄への信頼に溢れているように見える。手の表情もまた。この写真に谷川俊太郎が書いたのは次のような詩だ。

いもうとというものは
いけどりにされた
すばしこいどうぶつみたい
もりへかえりたくて
いつもむっつりしてる
つかまえようとすると
てからすりぬける
しらんかおしていると
そばへきてひっかく
ゆめのなかではおおきなめで
じっとぼくをみつめる
そのときどこからか
とてもいいにおいがする

（「いもうと」全行）

十歳の男の子の視線が六歳の妹を不思議そうにとらえている。野生の小動物に喩えられた妹は幼年期の夢そのもののように奔放だ。この写真＝詩には実は続編があって、五年後に思春期を迎えた兄妹がぎこちなく手を結びあっている。五年前にはしっかり兄の手を握っていた妹の手が、ここでは力弱く受動的な状態に止まっているようだ。思春期にさしかかった兄妹の微妙な心理の綾が暗示されているのだ。この写真に、谷川俊太郎は

いつかまたはなはさき
たまごはかえる
あさだけがいつまでも
まちどおしい
（「おおきくなる」部分）

という詩句を添えた。妹視線で書かれた本作には、思春期一般に通じる普遍的な心理が表現されている。
（紀伊國屋書店、一九九三年）

世間知ラズ　1993

父の死、離婚、結婚と続く還暦前後の日々の瞑想と自省と不安と恍惚の中で、詩や言葉への問いがあらためて奔出し、それらの問いがさらに詩の深みへの探究に誘う。ほぼ発表順（執筆順）の配列は、この時期が詩索そのものだったからだ。表題作を全行引用する。

自分のつまさきがいやに遠くに見える

五本の指が五人の見ず知らずの他人のように
よそよそしく寄り添っている

ベッドの横には電話があってそれは世間とつながっ
ているが
話したい相手はいない
我が人生は物心ついてからなんだかいつも用事ばか
り

世間話のしかたを父親も母親も教えてくれなかった

行分けだけを頼りに書きつづけて四十年
おまえはいったい誰なんだと問われたら詩人と答え
るのがいちばん安心
というのも妙なものだ
女を捨てたとき私は詩人だったのか
好きな焼き芋を食ってる私は詩人なのか
頭が薄くなった私も詩人だろうか

そんな中年男は詩人でなくともゴマンといる

私はただかっこいい言葉の蝶々を追っかけただけの
世間知らずの子ども
その三つ児の魂は
人を傷つけたことにも気づかぬほど無邪気なまま
百へとむかう

詩は
滑稽だ

還暦を迎えた男が自らを「世間知らず」と言うのも非常識だし、「三つ児」と呼ぶのもずいぶんエキセントリックな表現だ。と、当時（この詩集刊行時）は思っていた。だが、その後すでに三十年の時間が流れ、今もなお〈子供〉の繊細さ素朴さを失わない、どころか、むしろ自在に操っている、詩人の新作に触れる度に、この宣言が深く広いものとして納得できる。もっとも、その間に私自身も歳を重ねてきたこともあるのだが。還暦に際して「百へとむかう」と宣言した谷川さんは現在卒寿を過ぎた。いよいよ「百歳詩集」が近づいてきた。百歳で新詩集を出すときにも詩人はなお「詩は／滑稽だ」と言い切るのだろうか。

　現在から見るなら、本詩集は沈黙前の最後の詩集なのだが（その「沈黙」は約十年続いた）、この時点でその「沈黙」を予想した人はほとんどいなかったし、私自身とても想像できなかった。その間の事情については次の機会に書くとして、ここでは、それでもなお谷川さんが相変わらず磊落に詩と戯れている（ように見える）作品を紹介しておきたい。ラジオを主題にした二篇のうち「夜のラジオ」の方を全行（ただしここは追い込みで）引用する。

　半田鏝を手にぼくは一九四九年製のフィルコのラジオをいじっている／真空管は暖まってるくせにそいつは頑固に黙りこくっているが／ぼくはまだみずみずしいその体臭にうっとりする／／どうして耳は自分の能力以上に聞こうとするのだろう／でも今は何もかも聞こえ過ぎるような気がするから／ぼくには壊れたラジオの沈黙が懐かしい声のようだ／／ラジオをいじることと詩を書くことのどっちが大事なのか分からない／まだ詩と縁のなかった少年のころに戻って／もういちど埃っぽい砂利道を歩いてみたいと思うが／ぼくは忘れている／まるで時間などないかのように女も友だちも／／ただもっと何かを聞きたいもっと何かが聞こえるはずだと／ぼくは息をつめ耳をすませてきただけだ／入道雲が湧き上がる夏ごとの空に／家族が集うしどけない居間のざわめきに／／生きることを物語に要約してしまうことに逆らって

（思潮社、一九九三年）

ふじさんとおひさま　1994

一九七七年から七九年にかけて「毎日こどもしんぶん」に連載した子供の詩四十四篇。佐野洋子によるカラー挿絵入り。子供目線でしか通常捉えられない微妙なイメージを鮮やかに切り取っていく手際が鮮やかだ。この詩画集が一九九四年に刊行されたことの意義は大きい。言うまでもなく、谷川さんと佐野さんが運命共同体とも言うべき新生活を営み始めた時期だからだ。

まず、いかにもこの二人らしい磊落なおおらかさをたたえた「ふじさんとおひさま」を読んでみよう。

ふじさんは　おおきい
おおきいから　しずかだ
ふじさんを　みると
こころも　しずかに　なる

おひさまは　あかるい
あかるいから　あたらしい
おひさまが　のぼると
こころも　あたらしく　なる

（全行）

いささか単純すぎるきらいもなくはない素朴な詩に、佐野洋子さんが（『女に』とは正反対に）鮮やかで華やかな極彩色のクレヨン画を付して、独創的な詩空間を構成している。大きいこと、静かなこと、明るいこと、新しいことを、これほど短く直截に表現できるのは、やはりこの二人しかないだろう。
次に、子供の単純な遊びの中に深い省察をこめた作品「なわとび」を引用する。

ぼく　かるいんだよ
とべるんだ
ぼく　おもいんだよ
おちてくる

ぼく　ばねみたい
はねるんだ
でも　のみじゃない
にんげんさ

（全行）

重力に逆らうことが「軽い」ことであり、従うことが「おちてくる」ことだ。はねることで「のみ」に変身する子供は、まるで宇宙の原理をまるごと表現しているかのようだ。
最後に、子供らしからぬ情感で、それでもたしかに子供の感性を精一杯に開放して書いたと思われる作品「あめ」を挙げておく。

あめがふると
つちの　においがする
あめがふると
あしのうらが　くすぐったい

あめがふると
まちが　しずかになる
あめがふると
むかしのことを　かんがえる

（全行）

降雨が人に与える情感を、嗅覚、触覚、聴覚と、全身の感覚を駆使して表現した作品である。「むかしのことを　かんがえる」などと、うっかり大人の本性をあらわした表現などと考えてはいけない。子供にも子供なりの「むかし」があり、それは一年前かもしれないし三年前かもしれない。
もうひとつ、この作品で留意が必要なことは、ここに佐野さんの絵が付されていないことだ。この次には「ゆうだち」「かみなり」と、雨にかかわる詩が続いているし、そこには佐野さんの鮮やかで大胆な筆使いによる絵も添えられている。だが、詩「あめ」には、前後に絵は添えられていない。

この先は、勝手に想像を働かせるしかないのだが、佐野さんは、この詩の自律性と完結性を理解して、あえて絵を付けなかったのではないか。そして、そのことを谷川さんも、詩人としての直感で了解したのではないか。詩と絵とのコラボとは、それほどまでに互いの理解と共感と交感を必要としているのである。この後、二人はさらにいくつかのコラボ制作を残しているが、これほどまでに全面的な共鳴が起こることは二度となかった。結婚に限って言えば、一九九〇年から九六年まで、七年足らずの共同生活だった。

（童話屋、一九九四年）

モーツァルトを聴く人　1995

『世間知ラズ』とほぼ平行して書かれた十九篇。通常の版のほかに、モーツァルトの楽曲の入ったCD付きの版がある。いずれも音楽、特にモーツァルトをモチーフに書かれ、音楽の悦楽と危険をアンビバレントな感情で描き出している。特に、ピアノと亡母についての記憶は生々しく、死の主題さえ音楽に彩られている。表題作を全文引用しよう。

モーツァルトを聴く人はからだを幼な子のように丸め
その目はめくれ上がった壁紙を青空さながらさまよっている
まるで見えない恋人に耳元で囁きかけられているかのようだ

旋律はひとつの問いかけとなって彼を悩ますが
その問いに答えることは彼には出来ない
何故ならそれはすぐにみずから答えてしまうから
いつも彼を置き去りにして

あまりにも無防備に世界全体にむけられる睦言
この世にあるはずがない優しすぎる愛撫
決して成就することのない残酷な予言
あらゆる *no* を拒む *yes*

モーツァルトを聴く人は立ち上がる
母なる音楽の抱擁から身を振りほどき
答えることの出来る問いを求めて巷へと階段を下り
　て行く

ベートーヴェンやモーツァルトをはじめ、若い頃から音楽好きで知られる谷川さんだが、モーツァルトをモチーフにした作品は意外と少ない。谷川さん自身と感性が近すぎて、題材に選びにくいのかもしれない。ベートーヴェンなら、誕生日が一日違いであることをネタにしたり、その人のためなら「召使い」をしてもいい、などと公言してきた谷川さんだが、モーツァルトについて真情を吐露した作品といえば、これしかないのではないか。

この詩の一番の特徴は、モーツァルトその人ではなく「モーツァルトを聴く人」を描いているところにある。もちろん、この「人」は谷川さん自身（あるいはその投影）である。三・四・四・三行という、谷川さん独自の変則ソネット（詩集『旅』でお馴染みだ）は悠然と落ち着いたアンダンテの音楽を想起させ、それはまるでモーツァルトの主旋律のようだ。特に、第三連の四行は、谷川俊太郎でなければ書けないカンタービレと呼んでいい。

最後の三行は、詩人自身がモーツァルトから離れて生活に戻っていく様を、寡黙な美しさの中に、かつリアルな生活意識とともに、描き出している。このようにして人はモーツァルトと生き、モーツァルトからしばし離れることで、かろうじて生きているのだ、と。

モーツァルトに対する思いは他にも「そよかぜ　墓場　ダルシマー」などに凝縮して述べられている。

ぼくはマルクスもドストエフスキーも読まずに
モーツァルトを聴きながら年をとった

ぼくには人の苦しみに共感する能力が欠けていた
一所懸命生きて自分勝手に幸福だった

この真摯な表現は、詩人が深刻に自らの人生を悔い、以後の人生に疑いを持たずにいられなかった、初めての詩句だろう。彼は「いつかこの世から消え失せる自分」に思いを馳せながら、深く自省する。

だが沈黙と隣合わせの詩とアンダンテだけを信じて
　いていいのだろうか
日常の散文と劇にひそむ荒々しい欲望と情熱の騒々
　しさに気圧されて
それとももう手遅れなのか
ぼくは詩人でしかないのか三十年あまり昔のあの朝
　からずっと
無疵で

（小学館、一九九五年）

真っ白でいるよりも　1995

集英社からの第五冊は相変わらず自在な書きぶりで読者を楽しませてくれる。『モーツァルトを聴く人』がかなり切実な思いを吐露した作品であるのに対して、こちらは、達者なサービス精神に溢れている。時に、話者は女性一人称だったり少年だったりすることもあるが、生身の詩人の姿が濃く出た作品が面白い。還暦を過ぎて孫ができて友人を失って、といった人生詩の

妙味はかつてなかったものだ。表題作を抜粋して引用する。

1

自分がチェンバロになって
一晩中待っているのよ
もちろんモーツァルトを
まだ十二歳の
ほらそんなふうに
眠れないときってない？

2

愛ってのはころがってるのね
キッチンなんかにね
玉ねぎ刻んでて涙が出ると
思い出すわ
悲しみの理由は

いつもいつも愛だったたって

3

生まれ変わったら鯨になりたい
海の中で歌って暮らすの
言葉は知らないの
でも歌はあるの
鯨の心は人間よりずっと大きいから
歌もいつまでも続くの

4

そうなんだよ
絵になる一瞬が大事なのさ
私そのために生きてる
だから私の写真一枚だけとっておいて
そいで思い出さずに空想して
私の一生を

六行詩十二篇の連作で、語り手は佐野洋子さんを反映しているのだろう。その冒頭四篇では、順に、モーツァルトの音楽、日常の愛、鯨への生まれ変わり、絵と写真と、佐野さんにとっても谷川さんにとっても重要なモチーフが描かれている。ついで、佐野さん（らしき人）の遍歴や人生観が歌われ、こう閉じる。

12
知ってた？
気持ちにはいろんな色がある
私あなたの色とまざってもいい
真っ白でいるよりも
きらいな花の色になるほうがまし
でしょ？

陽気な色のついた詩人像は「アンパンパン」だ。

ぼくの父はアンパンを軽蔑していたが
フォワグラは尊敬していた
そして生涯ニンニクを愛した
母のことも愛していたと思うが

母は父を意地がきたないと言っていた
戦争中息子のぼくにも内緒で
ひとりで乾燥イモを食べたという理由で
離婚を決意したこともあったそうだ

父は「雨ニモマケズ」に感動していた
一日玄米四合ト／味噌ト少シノ野菜ヲタベ
という食生活は自分には出来ないと
知っていたからではあるまいか

九十一歳のときバルセロナへ行った

ガウディを口をきわめて罵った
イベリア航空のことは褒めた
昼食にキャビアが出たからだ

死んでから勲章をもらった
法をおかしてサンショウウオを食ったことを
誰も密告しなかったらしい
ちなみに父は哲学者だった

ぼくは今アンパン片手にこれを書いている

（集英社、一九九五年）

クレーの絵本　1995

若い頃から慣れ親しんできたというクレーの絵画に詩を付した詩画集。『夜中に台所で…』中の収録作がほとんどだが、その時には著作権の問題でコラボは実現せず、本来の詩画集としてはこれが初めて。モーツァルトの音楽と同様に、言葉にならない音や色や線への憧れがこの詩人のポエジーの源泉だ。まず、抽象と具象の間のような空間が特徴的な絵がある。明るい色

彩の中に白い積み木状の建物が並んだ風景の中に、深い闇が潜んでいるかのようだ。詩人にとっての「選ばれた場所」。

そこへゆこうとして
ことばはつまずき
ことばをおいこそうとして
たましいはあえぎ
けれどそのたましいのさきに
かすかなともしびのようなものがみえる
そこへゆこうとして
ゆめはばくはつし
ゆめをつらぬこうとして
くらやみはかがやき
けれどそのくらやみのさきに
まだおおきなあなのようなものがみえる

（「選ばれた場所」全行）

このような異界の描写をも「ことば」論にしてしまうのは詩人のいつもの流儀だ。もっと具体的な生物の描写もある、

おおきなさかなはおおきなくちで
ちゅうくらいのさかなをたべ
ちゅうくらいのさかなは
ちいさなさかなをたべ
ちいさなさかなは
もっとちいさな
さかなをたべ
いのちはいのちをいけにえとして
ひかりかがやく
しあわせはふしあわせをやしないとして
はなひらく
どんなよろこびのふかいうみにも

ひとつぶのなみだが
とけていないということはない　（「黄金の魚」全行）

いわゆる「生命連鎖」という生物界の掟を主題にしているが、後半ではその連鎖が幸せや涙や喜びといった情感にも及ぶことで、人の世の運命や宿命を乾いた筆致で描いている。

最後に、「黄色い鳥のいる風景」という、いかにもクレー的でありながら谷川的でもあるコラボレーションの妙を味わっておこう。

とりがいるから
そらがある
そらがあるから
ふうせんがある
ふうせんがあるから
こどもがはしってる
こどもがはしってるから
わらいがある
わらいがあるから
かなしみがある
いのりがある
ひざまずくじめんがある
じめんがあるから
みずがながれていて
きのうときょうがある
きいろいとりがいるから
すべてのいろとかたちとうごき
せかいがある　（「黄色い鳥のいる風景」全行）

これも先の生命連鎖と似たような世界のありようを語っているが、やはり真ん中あたりから「わらい」「かなしみ」「いのり」といった人間的情動が歌われ、最後に再び地面や水や鳥といった具象の中にさりげなく昨日と今日という、観念的だが人間生活の基礎となるべき時間への思いが歌われている。画家＝詩人の世界観として。

（講談社、一九九五年）

みんなやわらかい 1999

正真正銘の〈こども〉のための詩集で、やはり総かな表記（漢数字は除く）で書かれている。しかし、これを単に〈こども〉だけのために書かれた作品と見るとしたら誤りだ。なぜなら、この詩集で詩人はもはや〈こども〉を固定した年齢層に限っていないし、〈おとな〉と〈こども〉の境界に何の意味も与えていないからだ。むしろ、〈おとな〉のための〈現代詩〉の表現

から消えつつある直截な〈真実〉を、あらゆる人間の奥底に潜む〈幼児性〉の中に発見しようと努めている。まず、「あっかんべ」と題された作品を全行引用する。

ぼくはひとりです
おおぜいのうちのひとりです
おおむかしからいままでの
ひがしやにしやきたやみなみの
ごちゃごちゃのなかのひとりです

おかあさんはぼくをうんだ
おとうさんはおかねをくれる
ともだちは三にんいる
おばあちゃんもふたりいる
だけどぼくはひとりです

うちにだれもいないとき
ぼくはかがみのなかのぼくに
あっかんべをする
そばでねこがねむっている
ぼくはひとりです

ここにもまた、初期作品以来の谷川詩学の重要命題が展開されている。〈孤独〉のテーマのことだ。一人っ子であったことやマザコンであったことは、詩人自身が繰り返し自己解説に用いてきた〈孤独〉癖の理由だが、ここで問題にしたいのは、そうした作家論的つじつまのことではない。原因がなんであれ、詩的創造に不可欠な〈孤独〉の主題を詩人が〈こどもの詩学〉の中でどう位置づけているか、という作品論的な筋道のことである。

一読していかにもわかりやすい作品だが、ちょっと立ち止まってみると、三度繰り返される「ぼくはひとりです」がそれぞれ異なった意味に用いられていることに気づく。第一連では「おおぜいのうちのひとり」という認識、つまり他の大勢の人間と同様のひとりであるという認識――ボードレール的な意味での〈群衆の中の孤独〉――が痛切に、それも時間と空間の両軸の中で位置づけられている。いわば世界の中での孤独だ。第二連では、家族や友人がいるにもかかわらず自分はひとりなのだという〈単独者〉の認識が記され、これはより身近な共同体の中での孤独である。そして第三連では鏡像を前にしてのより本質的な孤独が描かれている。端的に区別して呼ぶなら、第一連では宇宙論的な孤独が、第二連では社会的孤独が、そして第三連では本質的孤独が描かれていることになる。第一の孤独はまさに『二十億光年の孤独』に描かれた谷川少年のそれであり、第二の〈孤独〉が『うつむく青年』その他に描かれた谷川青年のそれであったことに思い至れば、第三の〈孤独〉が成熟した〈おとな〉の孤独を暗示していることに気づくのではないだろうか。

『みんなやわらかい』に収録された作品の中で谷川詩学の〈こども性〉を最もよく示している作品「きもちのふかみに」から最後の二連のみを引用する。

いつしんだってかまわないんだ
だけどできたらいきていきたい
かみさまなんていないんだから
ともだちだけはほしいとおもう
はなしをきいてくれるともだち
てをにぎっててくれるともだち

きもちのふかみにおりていこうよ
せんせいとおやとぼくときみと
めにはなんにもみえないとしても
きっとなにかがきこえてくるよ
ほんにはけっしてかいてないこと
うたがはじまるまえのしずけさ

この少年こそ、まさしく〈こども〉の無心と〈おとな〉の有心を統合した、全一的存在たる〈詩人〉のことではないだろうか。

（大日本図書、一九九九年）

二十一世紀の詩学　2000 - 2009

クレーの天使

2000

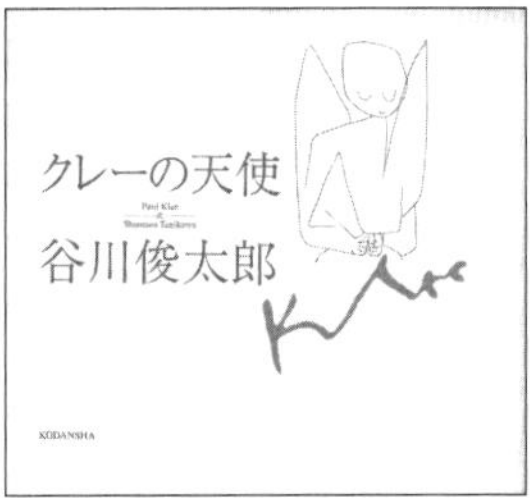

『クレーの絵本』と対をなす詩集『クレーの天使』の中にも、やはり、言葉以前の、あるいは言葉を超えた、詩の「しずけさ」が描かれている。クレーが晩年（一九三九年）に描いた天使の連作に、谷川俊太郎が付した詩の一つを見てみよう。「鈴をつけた天使」。

ほんとうにかきたかったものは
けっしてことばにできなかったもの

すずをつけたてんしにくすぐられて
あかんぼがわらう
かぜにあたまをなでられて
はながうなずく

どこまであるきつづければよかったのか
しんだあとがうまれるまえと
まあるくわになってつながっている

もうだまっていてもいい
いくらはなしても
どんなにうたっても
さびしさはきえなかったけれど

よろこびもまたきえさりはしなかった

（全行）

言葉には決してできない何か、という主題から始まって、赤ん坊を笑わせる天使の仕業、誕生以前と死後の連鎖、言葉や歌の力と無力、と、いくつもの主題が一見脈絡なく並べられているように読まれる。だが、こうした主題系がこのように平易な言葉で語られていくと、なんとなく頷いてしまうから不思議だ。

ここに並べられた四つの主題は、いずれも、この時点での谷川俊太郎の最重要命題と言っていい。特に、誕生直後の赤ん坊の感覚への興味は、死後の世界への興味とともに、二十一世紀に入ってからの谷川詩学の根幹を成しているように思う。「しんだあととうまれるまえと」が「まあるくわになってつながっている」とは、きわめて哲学的な命題でありながら、だれの身にも必ず起ったし今後必ず起る出来事である、という点において、最もシンプルで当たり前な事実認識でもある。その事実に気付かせてくれたのが天使であり風

——つまり異界からの使い——であったことを、この詩はそっと打ち明けているようだ。次に挙げるのは「忘れっぽい天使」。

くりかえすこと
くりかえしくりかえすこと
そこにあらわれてくるものにささえられ
きえさっていくものにいらだって
いきてきた

わすれっぽいてんしがともだち
かれはほほえみながらうらぎり
すぐそよかぜにまぎれてしまううたで
なぐさめる

ああ　そうだったのかと

すべてがふにおちて
しんでゆくことができるだろうか

さわやかなあきらめのうちに
あるはれたあさ
ありたちはきぜわしくゆききし
かなたのうみでいるかどもははねまわる
（全文）

生が限りない繰り返しであることが「ふにおちて」ありやいるかに満ち溢れた谷川ワールドは、どこか崇高でさえある。そこに現れるのは「泣いている天使」だ。後半部を引用する。

もうだれにもてがみをかかず
だれにもといかけず

てんしはわたしのためにないている
そうおもうことだけが
なぐさめだった

なにひとつこたえのない
しずけさをつたわってきこえてくる
かすかなすすりなき……

そしてあすがくる
（講談社、二〇〇〇年）

minimal 2002

十年ぶりの思潮社シリーズ第七冊は行脚の短い三行詩節による寡黙な作品群。饒舌と騒音に嫌気がさして沈黙していた時期からの復活は沈黙の中で静かに行われた。全作品に英訳が付き、寡黙ゆえの難解さへの注釈の役割を果たしている。二十一世紀における快進撃への序になった。巻頭作「襤褸」の全行。

夜明け前に
詩が
来た

むさくるしい
言葉を
まとって

恵むものは
なにもない
恵まれるだけ

綻びから
ちらっと見えた
裸身を

またしても

私の繕う
襤褸

これ以上ないほどにシンプルな表現で、しかも寡黙に、「詩とはなにか」を語り尽くした名作だ。たしか谷川さんは、本当は午前七時十五分頃に「詩とはなにか」を考えた、それを少しカッコよく表現した、という内容のことを語っていたが、それにしても「夜明け前に／詩が／来た」とは、そのまま使ってみたくなる表現ではないか。ここで「詩」は言葉という襤褸をまとって、裸身（言葉の素顔）を少しだけ見せて消えていく。「私」はその「襤褸」を繰り返し「繕う」だけだ。もう一つ、ことば論であり詩論になっている作品「こうして」を挙げておこう。

書かなくてもいいのに
こうして
書いて

鉛色の
記憶の中の
凪いだ海

ひとりのヒトに
話すかわりに
書いて

小さな
船着き場の
濡れた砂

言葉ではないものが
胸に
もたれて

岬へと
つづく
踏みつけ道

（全行）

約十年にわたる「沈黙」についての本音とは、案外このあたりにあるのかもしれない。そう、言葉との葛藤と言葉への疑惑、そして和解である。たしかに言葉との遍歴のイメージは、「岬へと／つづく／踏みつけ道」という表現に実感がこもっているのだろう。

本詩集の特徴はほかに多くあって、優にこれだけで一冊以上の解釈本を必要とするだろうし、いずれそうした詩論も現れることを期待して、ここでは、同様の「詩論詩」である「拒む」や、「ヒト」（谷川さんは「ひと」で大切な女性を、「ヒト」で人類一般を表現することが多い、と語っていた）との関係性を峻厳かつ寛容に表現した「夜」のような抒情詩もあることを断っておこう。その末尾は次の三行だ。

ヒトへ
闇へ
僅かな灯火へ

助詞の「へ」を三度繰り返してリズムを整えるとともに、ベクトルだけを示して情緒を宙吊り状態に保つのは、抒情を掻き立てる周到な戦術だろう。

（思潮社、二〇〇二年）

夜のミッキー・マウス

2003

前作の寡黙な三行詩節から一転して、五行詩節を多用した雄弁な作品群が中心だ。ディズニーのキャラクターを活用したライトヴァース風作品があるかと思えば、切実な追悼詩もあって、様々な情緒の入り混じった多様な一冊である。思潮社でも集英社でもない版元（新潮社）からも、その二面性が窺われるだろう。中でも特に饒舌な詩「無口」の両面性に注目しよう。

単純に暮らしている複雑なヒト
朝は七時に起きてピーナッツバタをぬったパンを食
べ
平静な自分を皮肉な目で眺めて豚に餌をやり
足元のぬかるみを自分のからだのように慈しみ
机に向かって（鬱の友人に）投函しない手紙を書く

自己満足のかけらもなく自分を肯定して
意識下に埋葬されている母親のためにスミレを摘み
迷路はほぐしてしまえば一本道だから迷うのは愚か
だと
明晰な古今東西の詩の織物を身にまとって
愛する者を憎みにのこのこ出かけて行く

この詩を書いた頃の生活ぶりを彷彿させる詩行だ。
エッセイや対談などでもらしている本音から、およその見当はつくだろう。「豚に餌を」やったり「母親のためにスミレを摘み」といった虚構は、現実の深刻さを軽減するための脚色だろうが、「朝は七時に起き」たり「鬱の友人に」手紙を書いたり「愛する者」に会いに出かけたり、というのは、きわめて現実生活に近いと思われる。続いて、話題はその当時の内面生活へと移行する。

話の種は尽きないけれど人前では無口
昼は多分そこらの街角でかけうどん一杯
どうしてどうしてと問いかける子どもは大の苦手
匂いと味とかすかな物音と手触りから成る世界に生
　きて
意味はどうすりゃいいんだいと困ったふり

まるで（「ピーナッツ」の）チャーリー・ブラウンのような困惑ぶりにも磨きがかかっていて、「チャーリー・ブラウンとしての谷川俊太郎」などと言いたくなる。続く、「欅が風に揺れていて雲がぽっかり浮かんでいて／なにかと言うと煙草を一服／もちろん何ひとつしないのが一番の贅沢だが／好きな枕を手に入れるためには働かなきゃなんない／鼻歌はいつもうろ覚えのオーバーザレインボウ」と、自儘な中にも緊張感をはらんだ生活ぶりが示され、さらに最終連は、再び、心情表現と現実生活と空想表現との、どこまでが冗談だかわかりにくい宣言だ。

永遠も無限も人間の尺度に非ずと心得て
恋人の心理を小数点三桁まで憶測するのが喜び
夜はゴーヤで安い赤ワイン（デザートには多分バナ
　ナ）
風呂と布団にスキンシップの極意を極め
あとは日々の細部にビッグバンに連なるものを探す
　だけ

ところで、これら五行詩節五連の中で、本来なら（寡黙な時の谷川俊太郎なら）書かなくてもよい詩句が、各連に少なくとも一行は入っているのではないだろうか。その一行を、私は、各連の三行目とにらんでいる。前詩集『minimal』の各連三行の寡黙に対する反動が、各連五行という雄弁を導いたのは、例によって詩人の本能的なバランス感覚によるとも考えられるのだが、さらにこの時点から二十年近くを経た現在からは、この雄弁さは、新たな快進撃への狼煙だったようにも見える。

（新潮社、二〇〇二年）

シャガールと木の葉　2005

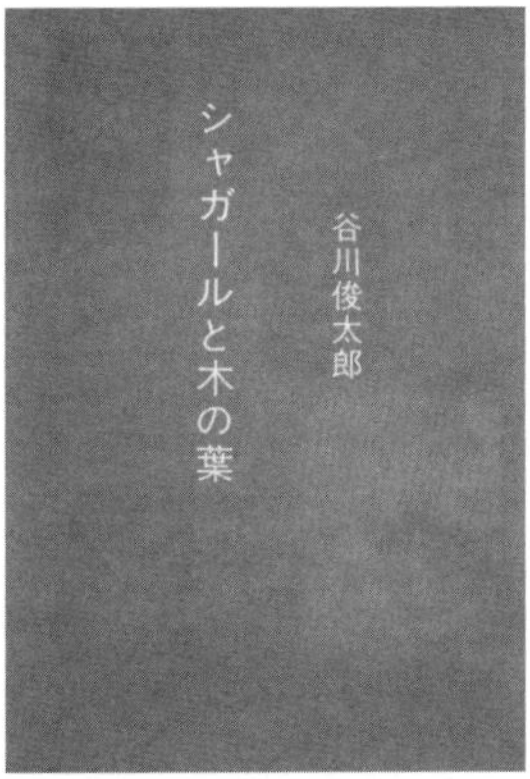

集英社シリーズ第六冊。各種の依頼に自然体で応じながら、詩人の本音と本質を多様に明示し暗示し象徴する作品群だ。詩による沈黙の暗示を縦軸とし、具体的な身体詩を横軸とするマトリックスの中に、二十一世紀詩を切り開く活力がみなぎっている。巻頭から二番目に置かれたソネット「飛ぶ」を読もう。

あのひとが空を飛んだ
とうとうほんとに飛んでしまった
ほんとに飛べるなんて思ってなかった
夢見てるだけだと思っていた

あのひとは野原をゆっくりと走りだし
綿埃みたいにふわりと浮き上がり
やがて高く高く青空に溶けこんでいった
地上に残した私のことはけろりと忘れて

いつあなたは捨てたの
何十年もためこんでいたあなたの人生を
あの哀しみ　あの歓び　あの途方もない重みを？

私は今日も空を見上げる
花のように私は咲く
はだしの足をやさしい春の大地に埋めて
（全行）

軽やかさの中に深い悲哀と喪失感を歌いこんだソネットだ。「空を飛んで」消えた「あのひと」とは、谷川さんの若き日からの盟友・武満徹のように思われてならない。だとすると、これを歌っている作中人物は、武満の妻、浅香さん？　いや、まったくのフィクションとして書かれた作品かもしれない。だが、谷川さんはまれに、ごく私小説的なモデルのある詩を書くことがある。この詩以外に、「世界の約束」（『歌の本』所収）なども、亡夫への思いを歌った絶唱と言えるだろう。

もう一つ、こちらは変則ソネットで書かれた「Larghetto」を挙げておこう。

私は白樺に教えられている
青空に諭《さと》されている
蛇苺に嘲られ
そよ風に嬲《なぶ》られている

何が欲しいのだろう私は
満ち溢れている詩に
言葉を与えることが出来ずに

真昼の静寂に小耳にはさむのは
太古からの虻の睦言
夕暮れの大気に嗅ぎつけるのは
草いきれに残る永遠の匂い

こころは疑いで一杯なのに
からだは歌わずにいられない
夜の道は死の向こうまで続いている
（全行）

　独自の意志をもつ存在として扱われる「からだ」は、例えば「ぼくらの心とからだにひそむ海のうねりも」（「星と砂」）などのように、様々な旋律に変奏されている。その変奏はやがて、詩人のからだを突き抜けて詩のからだを歌うようになっていく。詩そのものの「からだ」が出現するのだ。
　このように、谷川俊太郎によって生み出された、「からだ」そのものを主題とし主体ともする瑞々しくかつ端正な詩を、私は谷川俊太郎の「身体詩」と名付け、日本近代における「新体詩」以来の事件と位置づけた（拙著『谷川俊太郎の詩学』思潮社）。
　本詩集の中から、身体化された「詩」のイメージをもう一つ挙げておこう。

詩はかくれんぼしている
出来たての詩集のページで
形容詞や副詞や動詞や句読点にひそんで
言葉じゃないものに見つかるのを待っている
（「詩は」）

見つかるのを待つのは「詩のからだ」だ。
（集英社、二〇〇五年）

すき

2006

こどもの詩シリーズ第七冊は円熟の技法と素朴な魂の合体による四十八篇。自らの思想や本音などを直截的に表現する方法を詩人は子供の詩の中に確立した。言葉論や沈黙論もあって、「現代詩」以上に「現代的」な新奇さも見られる。三歳児に憑依できる能力は驚きだ。

全四十八篇の中でまず目を引くのは、全五章のうち

「5ひとりひとり」全十一篇が漢字仮名交じり、他の三十七篇はほとんどが総ひらがな表記になっていることだ。谷川作品における「ひらがな」については諸説あるが、ここでは、谷川がだれからの「借り物」でもない日本語固有の「和語」にことさら執着していることを確認しておきたい。「5」章に集められた漢字仮名交じり作品にしても、使われている言葉は概ね平易な和語である。

「天才とは意のままに取り戻せる幼年期のこと」と定義したボードレールに倣って、谷川俊太郎の「天才」を、意志的に幼児になり切る能力に見出したい、と筆者は考えている。つまり、大人の意識性をもって幼児の無意識性を自在に描き出す能力のことだ。例えば、

すき
ゆうがたのはやしがすき
まよってるありんこがすき
りんごまるごとかじるのがすき
ひざこぞうすりむくのも
いたいけどすき

（「すき」部分）

ここには、林や蟻や林檎といった身近な物への素朴な親近感が語られている。「ひざこぞうすりむくのも／いたいけどすき」など、幼年期から遠く離れた凡人には思い出すのも困難な、だが言われてみれば微かに甦る、一種独特の幼児感覚ではないだろうか。あるいは、幼い少女の一人称で書かれた次のような一節。

もしわたししまりだったら
まりーってよんでほしい
おおきなこえで
（中略）
みつけられるのをまってると
そよかぜがわたしのまるみを

なぞっていく

こころのなかでわたしははずむ
わたしによくにた
つきにむかって

（「まり　また」）

詩人はここで、一個の「まり」に憑依した一人の少女に憑依している。「まり」に憑依する少女は無意識的だが、その少女に憑依する詩人は意識的だ。つまり、ここで詩人は二重の意味で無意識を創り出している。このしなやかさとおだやかさはただごとではない。最後の三行など、まさに天才少女の筆致を思わせはしないだろうか。勿論、谷川俊太郎は天才少女ではない。天才少女のふりもできる大人の詩人だ。だから彼は、時には人でないものにもなり切るし、また、かたちのない抽象的なものになることさえある。

こころのこいしにつまずいて
ことばはじめんにぶったおれた

（「ことばがつまずくとき」）

さすがに一人称は用いていないが、この憑依能力は驚きだ。とにかく「児童詩」の中でさりげなく「ことば論」――つまりは「詩学」――を展開するのだから。

こころのやみのどろにうもれて
なにもみえない　きこえない
はなばなのねがからみつく
ちいさないきものたちがはいまわる
ことばはいきがつまりもがく

（同）

「どろ」や「はなばな」や「ね」や「いきもの」がそれぞれ「ことば」にとって何を意味するのかは、決して単純ではないだろう。多義性を保ったまま、この後、

「ことば」は「くらやみからうまれるひかり」に照らされて「いのち」を実感することで再起する。

こころのふかみにむかっておずおずと
ことばはかぼそいねをおろしはじめる　（同）

これほど素朴な意味表現で複雑な意味内容を獲得した作品を、私はほかに知らない。

（理論社、二〇〇六年）

すこやかに おだやかに しなやかに
2006

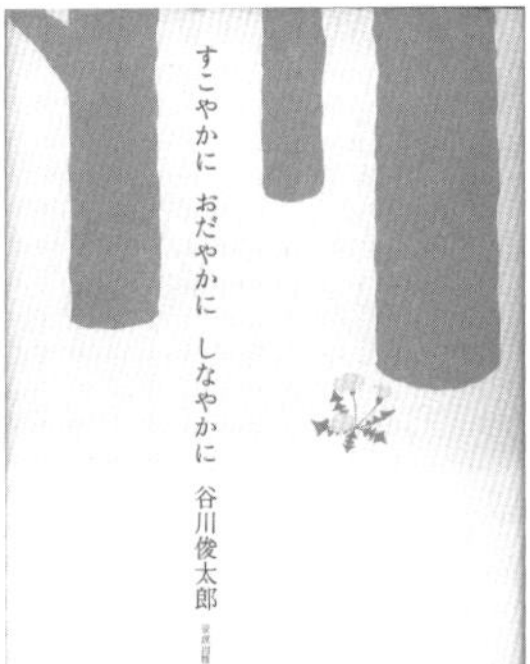

バーリ語による上座仏教の経典「ダンマパダ」の英訳を底本にしながら自由な創作を加えることで、いわばブッダとの連詩を試みた十二篇。四行二行四行二行という十二行の定型詩でもあるが、その自由な展開の故に、やはり翻訳というより創作と見たい。

これまでに見てきたソネット（および変形ソネッ

ト）の系列に、詩集『すこやかに おだやかに しなやかに』を加えたい、と私は考えている。この詩集全体に用いられている四・二・四・二行構成を、先の「Larghetto」（『シャガールと木の葉』）や「旅2」などで用いられた四・三・四・三行構成のさらに進化した詩型として、位置付けたいのだ。
『すこやかに…』の中で、作者のいま現在の思考を最も直截に表現していると思われる作品「たったいま」を全行引用する。

たったいま死《し》ぬかもしれない
こころの底《そこ》からそう思《おも》えれば
あらそいもいさかいもしたくなくなる
だれもがたったいま死《し》ぬかもしれない

死《し》ぬことはこわくなくなる
安《やす》らかに生《い》きていければ

こころはいつもふらふらしている
こころはいつもふるえている
こころはいつもさまよっている
こころは晴《は》れたり曇《くも》ったり

そんなこころの深《ふか》みには
ひとすじの清《きよ》らかな流《なが》れがあるはず

「ダンマパダ」の一節、“You too shall pass away./Knowing this, how can you quarrel?”を出発点にしながら、第二連の二行で素早くその教訓を要約し、後半では読者に向けられたメッセージが示されている。ブッダの教えを〈発句〉としつつ自ら〈脇〉を付けることで（あるいは対話によって）、ユニバーサルな真理をパーソナルな真情へと転化しているようには見えないだろうか。この姿勢は谷川作品の柱の一つである

〈こどもの詩〉の作法に通じるものだ。

「あたり前なことは何度でも言っていい」(「ぼくは言う」『どきん』)と宣言し「いつしんだってかまわないんだ」(「きもちのふかみに」『みんなやわらかい』)と嘯きながら「きもちのふかみにおりていこうよ」(同)と呼びかけてきた谷川俊太郎が、定型という装置を新たにヴァージョンアップすることで〈対話〉の詩と〈こども〉の詩を合体しようとしている……そんな気配をこの詩集から感じ取るのは私だけだろうか。

この時期以後に書き継がれていく谷川作品は〈現代詩〉の先端を行く作品だが、定型という装置の活用は、〈現代詩〉と〈児童詩〉の区別なく、より自在に展開していくことになる。というのも、この詩人にとって〈詩〉とは常に〈詩想〉の器であり〈からだ〉に他ならないからだ。「こころのいれもの」(「からだはいれもの」『すこやかに…』)である谷川作品の〈定型〉がいよいよ注目されるのだ。

『ダンマパダ』(の英訳)を読んで「共感するところを自由に日本語にしてみた」という「あとがき」の内実は次のように要約できる。この詩集は、ブッダの言葉を出発点にしつつ独自のイメージを展開することで、いま現在の詩想=思想を簡潔に表明した作品、言い換えれば、ブ、ッ、ダ、と、の、連詩、ということだ。だが、このような広義での思想表明とも言えるメッセージは、詩は「ただ一輪の野花のように」(『夜のミッキー・マウス』「あとがき」)そこに存在するだけのものとしたい、という谷川詩学と、明らかに矛盾する。本人が繰り返し述べているように、谷川俊太郎にとって詩の要目はメッセージではない。しかし、だからと言って伝えたいメッセージが皆無と言うわけでもない。そこで浮かぶのが一連の〈こどもの詩〉の在り方なのである。

(佼成出版社、二〇〇六年)

谷川俊太郎　歌の本　2006

歌詞として書いてきた作品（子供のための歌と校歌をのぞく）を集成した六十六篇。音楽がついて歌われるのが前提だが、詩として読んでも楽しめて意義深い作品も多い。中には、アニメ「ハウルの動く城」の主題歌として使われた「世界の約束」など、詩として自立し得る作品もある。

「世界の約束」（木村弓作曲、二〇〇四年）を、例えば武満徹夫人浅香さんに憑依した詩人が死者と交信している、と読むのはいささか強引だろうか。だが、この〈詩＝歌〉が奏でている瞑想的で親密な雰囲気は、ごく具体的な（私小説的といってもいい）モデルなしに書かれたとは思えないのだ。全行を引用する。

涙の奥にゆらぐほほえみは
時の始めからの世界の約束
いまは一人でも二人の昨日から
今日は生まれきらめく
初めて会った日のように

思い出のうちにあなたはいない
そよかぜとなって頬に触れてくる

木漏れ日の午後の別れのあとも
決して終わらない世界の約束

いまは一人でも明日はかぎりない
あなたが教えてくれた
夜にひそむやさしさ

思い出のうちにあなたはいない
せせらぎの歌にこの空の色に
花の香りにいつまでも生きて

この作品について谷川さん自身が語っている言葉をそのまま用いるなら（於・大阪芸術大学での特別講義）「失恋の歌だけど失恋して悲しくない歌」という「注文」で書かれた歌、ということだ。だが、たとえそうであったとしても、ここには詩人自身の感傷がひとりの女性を通して切々と（だが節度をもって）歌われている、そう言うしかないリリシズムを湛えている。詩が音楽に寄り添いながら詩そのものの自律と呼ぶしかないストイシズムを朗らかに歌っている。〈歌〉の呪縛を希望へと変換した谷川詩学の真骨頂をこの〈歌＝詩〉に発見した、と思うのは私だけだろうか。

本書の中には、歌詞として作られながら現在まで未作曲のものもいくつかあって、今後に期待したい。その代表的なものは、長谷川きよしのために作詞した「ぼくのめざめるすべての夜は美しい」だ。

ぼくのめざめるすべての夜は美しい
ぼくは見る　輝く闇にのぼる四角い太陽
明日へと羽ばたく翼あるライオン
降りつもる悲しみの虹色の雪
ぼくの夢みるすべての闇は美しい

ぼくのめざめるすべての夜は美しい
ぼくはさわる　ふるえる指に歌うギターの筋肉
歩み去る人々のさびしさの肩
ぼくの夢みるすべての闇は美しい

ぼくのめざめるすべての夜は美しい
ぼくは聞く　愛する人の近づくかすかな足音
明日へとささやくそよ風のアダージオ
こみあげる魂のもえあがる声
ぼくの夢みるすべての闇は美しい

（全行）

一番から三番まで同じ旋律で歌われる「有節歌曲形式」の歌だが、それにしては、ちょうど真ん中の部分（二番の部分）のみ一行不足しているのがどうにも不自然だ。もちろん、これでは歌えない。ご本人に確認したところ、これは元々あった一行が脱落したためだが、未だ確認できていない。この詞に作曲して歌いたいという学生のために、私が代理で書いた一行を、ここに付記しておく。「明日へと波うつ黒髪のトレモロ」。

（講談社、二〇〇六年）

私

2007

長きにわたって詩における「私」性を否定してきた詩人が「私」を主題にした一冊。人を驚かすのも詩人の使命とばかりに、大胆に描写される「私」はまさに詩人の肖像だ。この詩集は、青年詩人の磊落さに溢れた第一詩集と比較されるべきであり、詩への疑念が最も深まった時期に書かれた『世間知ラズ』と対に読まれるべきでもある。ここでは、詩への肯定意志を最も

明確に示す作品「詩の擁護又は何故小説はつまらない
か」を、全行（七連三十二行）引用しながら読んで行
きたい。
初雪の朝のようなメモ帳の白い画面を
MS明朝の足跡で蹴散らしていくのは私じゃない
そんなのは小説のやること
詩しか書けなくてほんとによかった

軽妙なユーモアに包んではいるが、これが詩人の偽らざる本音だろう。『世間知ラズ』で「詩は／滑稽だ」と断じ「詩人なんて呼ばれて」と嘆いてみせた詩人が、十五年にわたるゆるやかな回復期を経て〈詩の肯定〉へと回帰した。「詩しか書けなくてほんとによかった」とは、「私は書き継ぐしかない」のリフレインと並んで、詩集中最も力強い詩作宣言である。

小説は真剣に悩んでいるらしい
女に買ったばかりの無印のバッグをもたせようか
それとも母の遺品のグッチのバッグをもたせようか
そこから際限のない物語が始まるんだ
こんぐらかった抑圧と愛と憎しみの
やれやれ

詩はときに我を忘れてふんわり空に浮かぶ
小説はそんな詩を薄情者め世間知らずめと罵る
のも分からないではないけれど

小説の際限なさと比較することで詩の軽やかさが謳われている。『世間知ラズ』で自己否定に用いられた「薄情者」や「世間知らず」は、「のも分からないではないけれど」と流されている。この老獪かつ軽快なスタンス。

小説は人間を何百頁もの言葉の檻に閉じこめた上で
抜け穴を掘らせようとする
だが首尾よく掘り抜いたその先がどこかと言えば
子どものころ住んでた路地の奥さ
そこにのほほんと詩が立ってるってわけ
柿の木なんぞといっしょに
ごめんね

小説の所業をあっさり要約した上でその行き着く先に「詩」があることを示唆する。「のほほんと」はこの詩人らしい素朴な言い回しながら高度な技巧表現でもある。「ごめんね」の一言も。「柿の木」もまた日本人の原郷の喩として秀逸。単純な対句表現で肯定の詩学をさりげなく表明。次の一節は、幸福な詩を「書き継ぐ」宣言でもある。

人間の業を描くのが小説の仕事
人間に野放図な喜びをもたらすのが詩の仕事
小説の歩く道は曲がりくねって世間に通じ
詩がスキップする道は真っ直ぐ地平を越えて行く
どっちも飢えた子どもを腹いっぱいにはしてやれないが
少なくとも詩は世界を怨んじゃいない
そよ風の幸せが腑に落ちているから
言葉を失ってもこわくない

谷川の詩はヴァレリーの「舞踏」どころか「スキップ」なのだからはるかに軽快だ。小説も詩も現実の難問を解く直接的有用性をもってはいないが、詩は「世界を怨んじゃいない」ので世界の恵みを受けることができる。詩が言葉を超えた何かであることを、身体的な実感を込めて詩人は再認する。

小説が魂の出口を探して業を煮やしてる間に
宇宙も古靴も区別しない呆けた声で歌いながら
祖霊に口伝された調べに乗って詩は晴れ晴れとワー
　プする
人類が亡びないですむアサッテの方角へ

「詩は」を「私は」と言っても同じことだ。詩に対するデタッチメントを繰り返し標榜してきた詩人がついに詩そのものに憑依した。「呆けた声で歌い」「晴れ晴れとワープ」する「アサッテの方角」とは、「人類」の存続をかけて詩が歩むべき〈永遠〉にほかならない。「わたくしの生命は／一冊のノート」（『二十億光年の孤独』）と呟いた少年はついにここまで生長した。処女詩集を思わせる清新な作品「少年」も見逃せない連作だ。

（思潮社、二〇〇七年）

子どもたちの遺言　2009

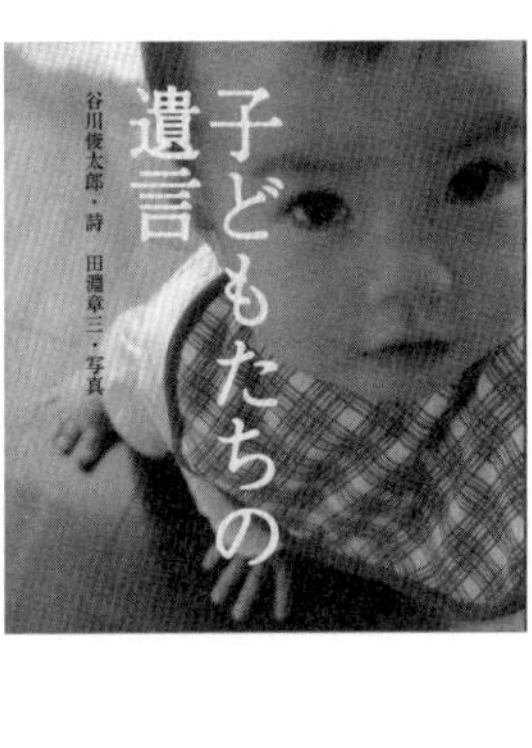

まず、巻頭作「生まれたよ　ぼく」を挙げておく。

生まれたよ　ぼく
やっとここにやってきた
まだ眼は開いてないけど
まだ耳も聞こえないけど
ぼくは知ってる

ここがどんなにすばらしいところか
だから邪魔しないでください
ぼくが笑うのを　ぼくが泣くのを
ぼくが誰かを好きになるのを
ぼくが幸せになるのを

いつかぼくが
ここから出て行くときのために
いまからぼくは遺言する
山はいつまでも高くそびえていてほしい
海はいつまでも深くたたえていてほしい
空はいつまでも青く澄んでいてほしい
そして人はここにやってきた日のことを
忘れずにいてほしい

（全行、原文総ルビ）

田淵章三による新生児の写真の生々しさと対照的に、ストイックで冷静な赤ちゃんの語りで詩集は始まっている。もちろん、生まれたての赤ちゃんはこんなことばを使わない、というかことばをもっていない。だが、もし仮にことばをもって生まれてきたとしたら、こんな風に話しても不思議ではない、そういう気にさせるのが谷川俊太郎の技倆だ。その要因はまず、冒頭のストレートな一行にある。次に、誕生までの長い道のり——精子と卵子が結びつき胎内で成長し十月十日を経てこの世界に到着するまでの時間的距離——を要約する第二行。続く四行は、世界がアプリオリに「すばらしいところ」であることの確信だ。

ここまでが第一連で、ページが変わって第二連になると、新生児は早くも人生の困難を予感し、他者への宣言を行う。第三連は生の〈始まり＝誕生〉に対する〈終わり＝末期《まつご》〉の示唆だ。いつか死ぬ日のために新生児が「遺言する」というのがこの詩の（また詩集全体の）ライトモチーフである。山と海と空（つまり全自然界）の安寧と清澄が、その遺言の要綱だろう。そして最終連の二行は、誕生の瞬間の感激をいつまでも覚えているように、という人々への願い＝祈りだ。

　こうして全体を味読していくと、きわめて単純で平易に書かれているように見えるこの作品が、実は周到なプログラムによって構築されていることがわかる。誕生宣言、世界の肯定、困難の克服、末期《まつご》の眼、他者への願望、という構造（プロット）だ。つまり、新生児の語りによる全人生の要約。誕生から死（後）までを〈こどもの詩学〉によって凝縮した思想詩なのだ。

　これと対を成すかのように「毎日新聞」二〇一二年一月四日に発表された詩「赤ん坊の気持ち」を（ここは追い込みで）引用する。

お日さまできたて／空洗いたて／お餅つきたて／ワタシ生まれたて／今朝は赤んぼの気持ち／コトバなんかまだ知らない／でもそよかぜ肌に触れてくる／猫の鳴きごえ聞こえてくる／さわやかな香りもする／あ　ミカン／でもミカンて名前に知らんぷり／こんな形／こんな色／こんな重さで／こんな手触り／なんて不思議／なんてカワイイ美しい／これはイノチ／ワタシもイノチ／（中略）／今朝は赤んぼの気持ち／ここどこ今いつワタシ誰？／そんなこと分かんない／でもここは今ある／今はここにある／意味分かんなくともワタシはいる／いつだって今が始まり／どこだってここが始まり／誰でもないワタシが始める／世界はまっさらいい匂い／歩き出そうか走り出そうか／それともじっくり考え出そうか

（佼成出版社、二〇〇九年）

トロムソコラージュ　2009

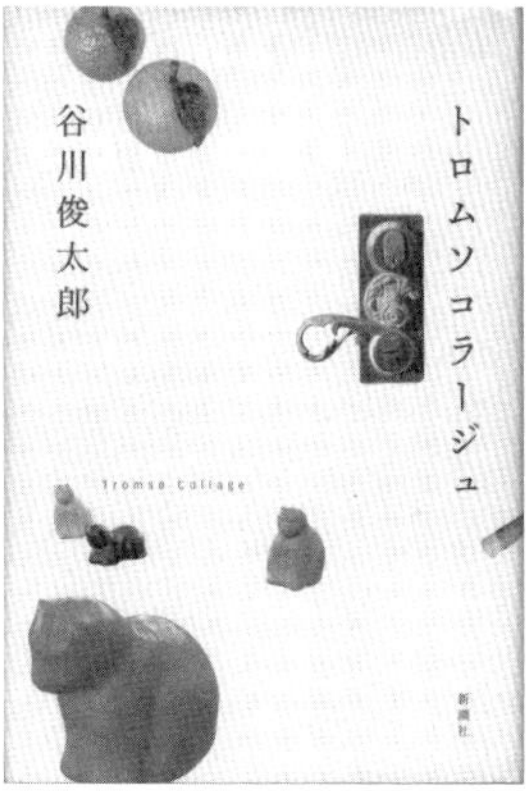

長い作品は苦手、と言い続けてきた詩人が、喜寿を迎えて新たに長篇詩に挑戦した。長篇六篇を集めた詩集『トロムソコラージュ』は新鮮な驚きを与える問題作だった。中でも、書き下ろしの二作「臨死船」と「この織物」はこの時点での新境地といえる問題作だ。

あらゆる人物や事物にいともたやすく憑依する能力こそが谷川俊太郎の真骨頂であることは、これまで折あるごとに指摘してきた。その並外れた憑依能力を遺憾なく発揮した作品が「臨死船」である。六行二十二連から成る長詩の第一連を引用する。

知らぬ間にあの世行きの連絡船に乗っていた
けっこう混みあっている
年寄りが多いが若い者もいる
驚いたことにちらほら赤ん坊もいる
連れがいなくてひとりの者がほとんどだが
中にはおびえたように身を寄せ合った男女もいる

おそらく宮沢賢治『銀河鉄道の夜』を源泉とする「あの世行き」の乗り物と、ギリシャ神話のカロンの艀を合体した「連絡船」のイメージで詩は始まる。

第四連までは情景描写だ。船は「まるで海のよう」な三途の川を「低い古風な機関音を立てて進んでゆく」。ふと「どこからか声が聞こえて」（第五連）くるのだが、それは「女房」の現世からの呼び掛けだ。あの世から見ればこの世にいる者の方が「幽霊のように影が薄い」ので「まるで手ごたえがない」のだが「気持ちが手に取るように分かる」。「本気で悲しんでいるのはいいが／生命保険という打算も入っているのが気になる」と、詩人はユーモアも忘れない。

　第八連から第十七連までは、かなり複雑な構造になっている。大きく分けるなら、（1）船上で観察し体験することがら、（2）過去の様々な出来事の再現や記憶、（3）語り手の様々な感覚や思考、となるだろうか。複雑な構造を複雑と思わせずに淡々と読ませるのは作者の力量というしかないが、それにしても、これは詩の力によって初めてなし得る力技だ。散文ならおそらく膨大な量の言葉で埋め尽くさないとリアリティを持ち得ない心理・情景・記憶の絡み合いを、わずか六十行で表現してしまうのだから。

　第十八連から二十二連（最終連）までの三十行では、此の世への回帰が描かれている。臨死体験から帰還したということだが、「またカラダの中に帰って来てしまったのか／嬉しいんだか辛いんだか分からない」と、相変らず語り手は冷静だ。谷川俊太郎は臨死体験の最中においてもなお谷川俊太郎なのだ。

　最後の三連は、生に帰還した語り手があらためて新鮮な感覚に浸りつつ生への後悔／執着に苛まれる様子を歌っている。

ああ悪いことをした
脈絡なく烈しい気持ちが竜巻のように襲ってきた
誰に何をしたのかを思い出したわけではない
ただ無性に詫びたくなった
詫びなければ死ねないのが分かった
どうすればいいのかその方法を考えなくてはと思う

ほんの先程までの冷静沈着とは対照的に、生への執着が前面に表れている。それも具体的な内容はなく「ただ無性に詫びたくなった」というのだから、この謎にヒントはない。原罪意識？　まさか。では詩的原罪？　それなら少しは分かる。詩人であることへの自己処罰は『世間知ラズ』（一九九三年）以来のこの詩人のオブセッションだ。では「脈絡なく烈しい気持ち」を解消する「その方法」とは？　この詩は、ただ「音楽」だけが「この世とあの世」を「縫い合わせていく」という宣言で終わる。この不思議な「縫い合わせ」の感覚が谷川俊太郎のこの時点での喫水線と思われる。

（新潮社、二〇〇九年）

詩の本　2009

集英社シリーズ第七冊は相変わらずの多彩さで楽しませてくれる。どんな依頼にも高品質の作品で応える名人芸だ。以前になかった新しい特徴は、一部の作品に解説が施されていること、詩論詩（対話詩を含む）の割合が増えていること、そして深い追悼詩が多いこと。「真夜中の朝」全行を引用する。

どこか遠くの屋根の上
血迷った鶏がときをつくる
月に輝く海岸を走る
夜汽車の客が目をさます
真夜中の朝
気違い朝だ
ねぼけた子供が
おもちゃの方へ手をのばし
とまった時計が
急にちくたく動き出す
真夜中の朝
気違い朝だ
ほんとの朝のきたふりをして
眠れぬ男はのびをする
ほんとの朝のきたふりをして
眠れぬ男は窓を見る
だけど外は闇

なんにも書いてない真暗の闇……

誰かの深い夢の中
キリマンジャロに陽がのぼる
くたびれはてたバーテンが
サニーサイドを聞いている
真夜中の朝
気違い朝だ

初出一覧に「初出不明」とあるが、スタイルと置かれた位置（巻頭から四番目）から推測して、かなり初期の作品らしい。今は差別語として用いにくくなった単語が見られたり、異国情緒を軽やかに操るレトリックだったりと、おそらく一九六〇年代頃の作ではないかと思われる。その旧作を敢えてこの位置にもってきたところに、谷川さんの新しい境地への意気込みが感じられる。次に挙げるのは、巻末に書き下ろされた表題作「詩の本」だ。

一冊の本を草の上に置く
上はまばゆい青空
下は湿った大地
本の中には言葉があって
書いた私がいる
読むあなたもいる

一冊の本を掌の上で開く
文字たちの薄闇に
詩が紛れこんでいる
余白にもひそんでいる
気づかないうちに
あなたは詩と愛し合う

一冊の本が枕元にある
栞がはさんである
本は見えない文字で
聞こえない声で
あなたをいざなう
夢のかなたの未知の朝へと
（全行）

朝昼晩がアンダンテで描かれて、最後は夢の世界に本が誘う。最後の「夢のかなたの未知の朝」は、一冊の詩集の余韻を深く響かせるとともに、巻頭近くの「真夜中の朝」という矛盾語法と呼応することによって、一つの円環を完成している。この詩集の後、新詩集が四年ほど出ていないことを考えると、これが次への一区切りであったことが想像できる。

詩集後半に収められた五篇は、茨木のり子、岸田今日子、市川崑、河合隼雄といった人たちへの追悼詩だ。どの作品にも深い共鳴と静かな哀感がにじみ出ているのだが、どれほど哀しくても暗くはない。なぜならそれは、例えばフォーレのレクイエムのように美しいから。「詩の本」とは「死の本」でもあるのだ。詩「まだ」の末尾は「私はまだ　生きている／／佇む一頭の馬に自分をなぞらえて」と閉じられている。この源泉はシュペルヴィエルの「馬」だろう。

（集英社、二〇〇九年）

未来の詩人の行方　2010-2021

こころ

2013

月一回五年間にわたって連載された六十篇。連載中に東日本大震災という大事件に遭遇したことも含めて、詩人の魂の遍歴をも含む一冊になった。明晰な精神と深遠な魂がとらえた六十通りの心が明晰なイメージになって念写されたアルバムといえるだろう。ここには、老いをかみしめる本人もいれば今を必死に生きる少女もいれば子供もいる。軽やかに厳かにユーモラスに、またアイロニカルに、詩人は様々なかたちで「こころ」に問いかける。巻頭作を全行引用する。

ココロ
こころ
心
ｋｏｋｏｒｏ　ほら
文字の形の違いだけでも
あなたのこころは
微妙にゆれる

ゆれるプディング
宇宙へとひらく大空
底なしの泥沼
ダイヤモンドの原石
どんなたとえも
ぴったりの…

心は化けもの?　（「こころ1」）

自在に変化する「こころ」を四通りの表記で書き記すことから始めて、具体的なパラダイムを示すのは詩人の本領だが、そこで選択されたイメージが「プディング」「宇宙」「泥沼」「ダイヤモンド」というのがいかにも谷川俊太郎らしくて面白い。各々が食物、天、地、鉱物を代表するパラダイムだからだ。何にでも喩えられる「化けもの」の変幻自在さこそが「こころ」の特質である。

次に挙げるのは、連載途中の二〇一一年三月十一日に起こった大震災を受けて書かれた作品「言葉」全行だ。

何もかも失って
言葉まで失ったが
言葉は壊れなかった
流されなかった
ひとりひとりの心の底で

言葉は発芽する
瓦礫《がれき》の下の大地から
昔ながらの訛《なま》り
走り書きの文字
途切れがちな意味

言い古された言葉が
苦しみゆえに甦《よみがえ》る
哀《かな》しみゆえに深まる
新たな意味へと
沈黙に裏打ちされて

大震災から二ヶ月ほどが経過していくぶん落ち着き

を取り戻した頃の作品だ。新聞掲載時に、いつもの冷静さと安定感が戻っている、と感じたことを覚えている。未曾有の大災害にも耐えて「新たな意味と／沈黙に裏打ちされ」た言葉が静かに甦る姿に、詩人の深い祈りがこめられた名作である。

詩集『こころ』はこの時代における詩人の魂の遍歴という副産物をも含む、重要な一冊になった。もちろん、そのドキュメント性は本詩集の価値のすべてではない。詩人の明晰な精神と深遠な魂がとらえた六十通りの心がかぎりなく明晰なイメージになって念写されたアルバムなのである。巻末作品「そのあと」を引用する。

そのあとがある
大切なひとを失ったあと
もうあとはないと思ったあと
すべて終わったと知ったあとにも
終わらないそのあとがある

そのあとは一筋に
霧の中へ消えている
そのあとは限りなく
青くひろがっている

そのあとがある
世界に　そして
ひとりひとりの心に

「大切なひとを失った」絶望の「そのあと」への詩人の祈りの歌である。

（朝日新聞出版、二〇一三年）

ミライノコドモ　2013

近作十七篇に書き下ろし十篇を加えた一冊。依頼に応じた柔らかい作品と意識下の深みにまで推敲の錘を下ろした作品とが併存しているのが特徴。老いてますます童心を自在に描けるようになった詩人の新たなる創作宣言でもある。『こころ』とほぼ同時期に出た新刊詩集だが、『こころ』が新聞連載という明確な枠組みで制作された詩集であるのに対し、こちらは本来の総合詩集的な性質をもつ一冊。おもに前詩集『詩の本』以後四年ほどの間に書かれた近作の集成だが、全二十七篇中十篇が「未発表」作品というのはこの詩人には珍しい。詩「時」を全行引用する。

長い廊下の壁にかかった旧式の黒い電話機
そこから電話線が天井裏を伝って軒先の碍子へ
そして砂利道に立つ電柱へと通じていて
あのひとのすすり泣きは海を渡り
荒れ地を横切り国境を越えて私に届いた

そこで物語はもう終わっていたのだ
悔いのこの胸苦しさは筋書きにはない
あのひとのいたサナトリウムの
広い芝生と海に続く松林は
物語を置き去りにした詩の中の風景

薄れてゆく白い乳房の思い出とともに
時を隔てていま心の中で私はそこに佇む
あのひとの低い笑い声が聞こえる
肩を並べて見た夕焼けが見える
不器用な無声映画の一齣のように

物語には終わりがあるが詩に終わりはない
詩の中でフリーズした瞬間を
「仮面をかぶった永遠」と呼んで
あのひとはすり切れた一冊のノートを
遺失物のように私に遺した

四度繰り返される「あのひと」は、おそらくサナトリウムで亡くなった大切な女性なのだろう。「遺失物のように私に遺した」ノートとは詩帖か何かだったのだろうか。そういえば、この詩に描かれる芝生、海、松林、夕焼けといった情景は、『62のソネット』(一九五三年)を思わせる。最初の結婚をする直前頃の抒情詩の情景だ。ただし、声調はまったく異なっている。決して懐古的ではない普遍的な言葉遣いによって、深い「物語」の余韻を響かせる詩句は、長い時間の中で詩人が培ってきたものだ。

それにしても「物語には終わりがあるが詩に終わりはない」とはなんとも普遍的な一行ではないか。タイトルが「時」と簡潔な一語であることも、六十年の時間の重みをさりげなく示すことで却って深い余情を醸し出す一助となっている。自俁に書いた作品だからこそ、ある意味で無防備とさえ見える本音が表出された一篇だろう。物語は時とともに消えて行くが、詩は「物語が置き去りにした」風景を変わらず保ち続けている。

詩集『ミライノコドモ』には、このように大切な「ひと」の死を悼む作品がいくつかあり、いずれも深い思いが静かに歌われている。

最後に表題作の一部を引用しておこう。「ミライノコドモ」とは「未来の詩人」のことでもあるからだ。

キョウハキノウノミライダヨ
アシタハキョウミルユメナンダ
ダレカガアオゾラヤクソクシテル
ミドリノノハラモヤクソクシテル
コレカラウマレルウタニアワセテ
（中略）
ミライノコドモノアタマノウエヲ
サヨナラトコンニチハガ
チョウチョミタイニヒラヒラトンデル

未来の子供は精霊の徴である蝶を光輪のように従えて座り続ける。別れと出会いの挨拶がその蝶の実体だが、日常の言語を詩の精霊として従わせるその姿は、理想化された詩人の自己像といえるのではないか。詩集『こころ』所収の詩「私の昔」に「還暦古稀から喜寿傘寿／過ぎればめでたい二度童子《にどわらし》」とあったように、老いてなお、否むしろ老いてこそ意のままに童心を操る術に磨きをかけた新しい谷川俊太郎の、さらに新しい創作宣言として、詩集『ミライノコドモ』は編まれたのだ。

（岩波書店、二〇一三年）

ごめんね

2014

「夏のポエメール」と題したメール・マガジンの特典として頒布された限定特装版。若き日に書かれた未発表作品に「はじめに」を加えた計三十一篇で、瑞々しさが隅々まで行き渡っている清新さが驚きだ。

切り抜かれた詩の頁の下に
懐かしいような恥ずかしいような
野暮ったい軽自動車の広告
詩人は老いる　車も老いる　そして時代も
だが詩はいつまでも年をとらない
青空のように水平線のように　とひそかに思うが
詩人はそれを口には出さない　（「はじめに」末尾）

軽自動車を買いたくて広告に見入っていた思春期の少年は「孫娘」に「こんな詩書いてたんだ」と言われる老詩人へと生長した（孫娘が生のかたちで登場する詩は谷川さんには珍しい）。「詩はいつまでも年をとらない」が「詩人はそれを口には出さない」とは、青年期には口に出せなかった種類の断言だ（初期作品なら「僕は」とか「私は」と書いただろう）。「魂のために」と題された初期作品は、近過去から見た未来完了形の形象群だ。

鉄は組まれるだろう

魂のために
木は伐られそしてふたたび
垂直に立つだろう
魂のために
コンクリートは渦巻き
形を与えられるだろう
鏡は青空をうつし
硝子はすきとおるだろう
魂のために

沢山の靴がすりきれるだろう
迷子は大声で泣くだろう
（中略）

——そして
鉄は錆びるだろう
木はくさり　コンクリートは崩れ
硝子はくもり　鏡はひびわれ
電線は切られるだろう
とりどりのキノコは地に帰り
幻は溶暗し
裸の
魂の
現実のみが残るだろう
未来のために

不吉で不毛な廃墟の建設それに崩壊、という（半世紀ほど昔の）近未来ＳＦの風景を読み取ると同時に、どこか不思議なノスタルジアを感じてしまうのは、私自身がそれなりの年齢に達したからだろうか。郊外の大規模団地開発か東京オリンピックの会場工事か、あるいは（私には一番ぴったりくるイメージとして）一九七〇年の大阪万国博覧会会場の工事風景かもしれない。この万博には、当時多くの芸術家表現者が様々なジャンルで参加し、協同し、競合した。丹下健三の建築、岡本太郎の「太陽の塔」などは歴史的評価もすでに定まっているが、谷川俊太郎も演出や朗読で参加した。SF作家の小松左京も参加していた事実などは、後の小説「日本沈没」（一九七三年）を思うと冗談のようなパロディのような不思議な感慨に襲われる。眉村卓のジュブナイルSFが大阪郊外の団地を舞台に繰り広げられたのもこの頃のことだ。現在、「魂のために」建造された万博会場は、都市型公園としてそれなりに整備され人々の憩いの場になっているが、太陽の塔以外にこれといって「祭りの後」を思わせる痕跡はない。が、やはり懐かしいような虚しいような感覚にとらわれることを、私自身、二年ほど前に実感した。一言で言うと、それは「未来の故郷」だ。

谷川さんの若き日の作品の痕跡というと、本詩集には「聖火のみなもと」という作品もあって、高度成長期に入る直前の神話的世界を垣間見せてくれる。詩集巻末の作品「ごめんね」は、おそらく比較的新しい作品で、青春期のナイーヴな感受性とは異なった、いわば構築的なナイーヴさに満ちた作品である。

夢のフィルターに濾過されて
気持ちのゴミが流されて
純粋なごめんねだけが残っていた
手紙でも電話でもダメだと思って　朝
君の部屋まで四キロ走ってノックした

年齢も時代も超越した素朴な詩人の素顔だ。

（ナナロク社、二〇一四年）

詩に就いて

2015

谷川俊太郎の「初めての書き下ろし詩集」（帯文）は、表題が示すように、三十六篇すべてが詩論詩。いたる所に波動のようなあるいは微粒子のようなポエジーが鏤められ、時に雄弁に時に寡黙に、時には擬人化され擬物化され、あらゆる言葉の隙間に、句読点に、一字アキに、あるいは行間に、潜み、声を上げ、虚空に消えては戻ってくる。この絶え間ない往復運動こそが詩的創造だ。

この姿勢は以前から変わらず貫かれているのだが、異なる点は、その「沈黙」がさまざまに敷衍（パラフレーズ）されることで、詩集全体がいわば谷川詩学の集大成となっていることにある。その敷衍の一つは次のようなものだ。

チェーホフの短編集が
テラスの白木の卓上に載っている
そこになにやらうっすら漂っているもの
どうやら詩の靄らしい
妙な話だ
チェーホフは散文を書いているのに
（「隙間」冒頭部分）

「詩の靄」とは、なんとも素敵なパラフレーズではないだろうか。「妙な話だ」などと、とぼけてみせるサービスにも欠けていないのは、深遠な問題を軽妙に示してみせる――おもに〈こどもの詩〉で培ってきた――いつもの谷川流だ。私自身、チェーホフの短編に「詩」を感じたことはあるが、「詩の靄」などと思ったことはない。それが、そう言われるとすんなり受け入れられてしまうから不思議だ。

これと同質のイメージは新詩集のいたるところに見出される。全三十六篇のすべてに「詩」という言葉が使われ、それらがことごとく「沈黙」のパラフレーズになっているのである。

詩はホロコーストを生き延びた
核戦争も生き延びるだろう
だが人間はどうか

真新しい廃墟で
生き残った猫がにゃあと鳴く
詩は苦笑い
活字もフォントも溶解して
人声も絶えた
世界は誰の思い出?

（「苦笑い」全行）

冒頭はアドルノの有名な「アウシュヴィッツの後で詩を書くことは野蛮だ」をふまえた一行だ（アドルノは「野蛮だ」と言っているのであって、書けないとも書いてはいけないとも言っていない）。惨劇を「生き延びた」詩は、だから「核戦争も生き延びるだろう」という。たとえ人間が滅亡したとしても、そこに「詩」はあり続けるというのだ。さりげなく付け加えられた最後の一行の問いは深く重いものだが、ともあれ未来永劫に「詩」は存続する。では、過去においてはどうか。

〈これは俺が書いた言葉じゃない

誰かが書いた言葉でもない
人間が書いたんじゃない
これは「詩」が書いた言葉だ〉
内心彼はそう思っている
謙遜と傲慢の区別もつかずに

カウンターの端に座っているその男は
紺のスーツに錆色のタイ
絵に描いたような会社員だ
〈ビッグバンの瞬間に
もう詩は生まれていた
星よりも先に神よりも早く〉

思いがけない言葉に恵まれる度に
そんな自己流の詩の定義を
何度反芻したことか
〈言語以前に遍在している詩は
無私の言葉によってしか捉えられない〉
男はバーボンをお代わりする

（「その男」全行）

過去も闇なら未来も闇。その隙間にひっそり潜む「詩の靄」こそが現在なのだ。

（思潮社、二〇一五年）

あたしとあなた

2015

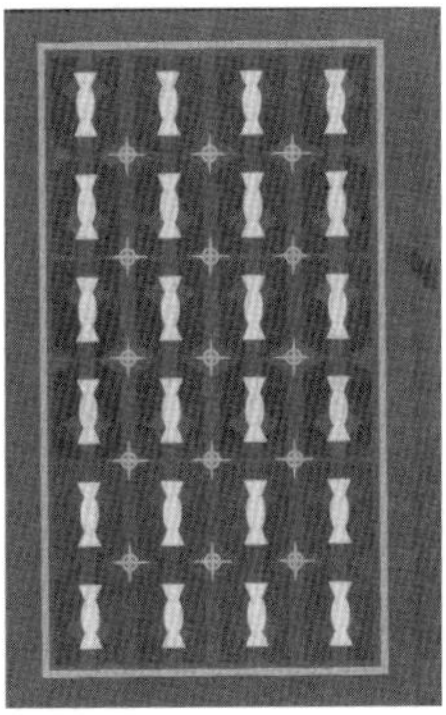

『詩に就いて』の約二ヶ月後、谷川俊太郎はもう一冊の書き下ろし詩集を刊行した。ほとんどが一見おだやかな生活詩と呼び得るものだが、ここにも谷川さんは〈詩論〉を潜ませている。巻末作品「詩集」を全行引用する。

読んだ？
と

あたし
あと少し
と
あなた

詩が
からだに
溶けてゆく
漢方薬みたいに

あなたの
息子が
駈けてきて
あたしの
膝に
乗った

頁の
外にある
弾む
詩

漢方薬も幼児も言語以前の「詩の靄」なのだろう。比較のために、次に前作『詩に就いて』収録の「同人」から前半部を引用する。

詩を言葉から解放したい
と彼女は言う
漂白されたような顔で
じゃ踊れば?と私は言う
肉体は恥ずかしいと彼女
都合よく大空を雁が渡って行く
あれが詩よ　書かなくていいのよ
書くと失われるものがあるのは確かだが
草の上にシートを敷いて二人は寝転がっている
他の同人たちは下の川に釣りに行ってる

この親密でありながら謎めいた男女のイメージに、私などは若き日の詩人カップルを思い浮かべてしまうのだが、そうしたリアリティもまた、詩人が長く培ってきた長所だ。だが、作品後半部では、この二人は鳥瞰されることによって一挙に普遍像へと跳躍する。「天から見れば私たちは点景人物／誰が描いた絵なんだろう　この世界は」という二行によって、二人の描写は、日常生活の次元から一挙に虚構の次元へと転移し、そこに生じるのはやはり「詩とは何か」という思考だ。作品の末部は、「型通りの発想も時には詩を補強する／結局言葉なのね　何をするにも／唇は語るためだけにあるんじゃない／まだお握り残ってるわよ／食べるためだけにある訳でもない／愛でもっともすばらしいものは口づけ……」と、日常次元での会話に戻ることで、具体的で現実的なカップルの微笑ましい描写に終わる。この結末に、多くの読者は安堵し落ち着くことだろう。ただ、注意深い読者には安堵だけでは済まない切実な詩論が印象付けられることになる。

最後に、まるでコクトーかプレヴェールの映画の一場面であるかのような「昨日」。ただ、女性一人称の語りは独特だ。

昨日
訪ねたら
あなた
空中浮揚していた
すぐ降りてきたので
あたし
黙っていたけど
ほんとは
少し
不愉快だった

誰にも
知られたくない
ことが
また一つ
増えた

（全行）

ひとり密かに空中浮揚する「あなた」の秘密を「ほんとは／少し／不愉快」に感じながら守秘し続ける女性こそ、詩人の真の恋人にほかならない。

（ナナロク社、二〇一五年）

バウムクーヘン 2018

すっかり定着した谷川作品の一ジャンルと呼ぶべき総ひらがな詩四十五篇。だが、従来のひらがな詩集（例えば『みんなやわらかい』や『すき』）とは異なって、〈こども〉の詩と一味違う。むしろこれらの作品は、大人の中に潜む子供の詩だ。ごく若い頃からしばしば詩人が唱えてきた「年輪」説が、ここで明確な「バウムクーヘン」のイメージで顕在化された。「木の年輪（バウムクーヘン）」とは、詩人による人間観そのもので、永遠の子供こそが詩人であることを示唆している。だから詩と詩人の考察（つまり詩論）もここではひらがなで明るく開放される。文字通り「詩」をテーマにした作品を全文挙げよう。題は「し」。

チチはいつもかみきれになにかかいている
うちのテーブルでかくこともあるし
そとでコーヒーのみながらかくこともあるらしい
チチがかいているのは詩《し》です
きげんがいいとよんでくれるけれど
おもしろいのもあるしわからないのもある

こどものことばでおとなのこころをかく
とチチはいっている
こどものことばにはおとなにくらべて
うそがすくないからだという

チチのしはおかねになりません
おかねはかんごしのハハがかせいでいる
でもチチはきにしないで
しはおかねよりたいせつだという

ほんとにそうかどうかぼくにはわからない

詩人を父にもったこどもはこんなことを感じているのか、などと納得してしまうが、微妙に作者自身の面影を残しつつ一般化しかつ特殊化するのはいつもの谷川さんの得意技だ。こどものことばの方がうその少ないのは詩人の本音だが、詩がお金にならないとか母が看護師で稼いでいるとかいうのは（この場合）フィクションだ。そして最後に詩は金より大切、ともっともな正論を告げさせるのだが、ただちにこどもは「ぼくにはわからない」と疑問を呈する。単純なようでなかなか味わいの深い一篇である。

本詩集には、ごく一般的な家族（ハハ、チチ、バアバ、ジイジ）やともだちが登場する作品も多く含まれていて、現代風俗詩といった趣もあっておもしろい。

バアバはそらへいきたいんだね
くものふとんでねむりたいんだ
だれかがおこしてくれるまで
なんにもみないですむように
なんにもきかずにすむように

ぼくもそらにいきたいな
ふんわりうかんでいたいんだ
べんきょうしないですむように
いじめられずにすむように
とんびとともだちぴーひょろろ

（「バアバとそら」全行）

おそらく死を近くにひかえた「バアバ」の至福の眠りを感じ取った子供が、老人とは別の意味で、無為の快楽のうちに想像している。こういう願いはなかなか口に出して言えないものだが、谷川作品ではいともあっさりと（あっけらかんと）明言されてしまう。この磊落さもまた、詩人が長い年月をかけて獲得してきた〈詩人の権利〉なのだろう。

「わたしはしぬまでしをかきます」といった
「たくさんたくさんかくつもりです
つまらないのもかくでしょう　でも
ひとつでもきにいったしをみつけてほしい」
（「しじん」部分）

この爽快なまでの率直さ！

（ナナロク社、二〇一八年）

普通の人々　2019

圧巻の第六十三詩集は全二十一篇中十九篇が書き下ろし。表題通り「普通の人」たちのさりげない情景が普通ではない視線にとらえられている。おびただしい数の人名はそれぞれの人生と宇宙を内包し暗示していて、いずれの人にも詩人は憑依し、そして離脱する。巻頭作にして表題作の冒頭を引用する。

寿子は
闊達《かったつ》なリズムで街を歩く
気ままに立ち止まる
並んでいる商品をしげしげと見る
買わない自分に満足する

篤は
ワインリストを手にして
卓の下で足を組む
自分を平凡だと思う
羊歯《しだ》の化石を貰う
（中略）
普通の人々はそうでない人々に
ひけめを感じさせないように
心を砕いている
それが偽善であることにも
薄々気づいている

ごく一般的な（普通の）名をもつ人物たちがごく平凡な行動をとっているだけだが、微妙に「変わった」雰囲気を漂わせてはいないだろうか。街を闊歩する女の子がショッピングしないことに満足したり、自分を平凡と思う男が羊歯の化石を貰ったりというのは、どう見ても「普通に普通」な行動とはいえないだろう。いわばこの二人はさりげなく「普通」を装っている変な人だ。だから彼らは、本当に普通の人々に対して引け目を感じ、心を砕かざるを得ない。まるでこのシチュエーションは、地球に侵入していたエイリアンのそれのようではないだろうか。この詩集に登場する人物たちは、いずれも「普通」といいながらどこか「普通」からはずれている。

それはなぜなのか。ありていな言い方になるが、詩人にとっての「普通」とはついに詩人でしかないからだ。かつての「詩人のふりはしてるが／私は詩人ではない」をまるで逆転して、長い時間を経て「普通のふりはしてるが／私は普通ではない」に到達したかのようである。

詩という書き物は
人の姓名を列挙するだけでも成立する
突き詰めれば読み手の感性の質ではないですかと
嫌味な口調でそいつは言ったのだ

曇りのち晴れ
人生という言い方で
人生を要約してしまいたくない
という言い方は誰のものでもいい
（「人生」部分）

大胆に磊落に断言するような言い方の中に、それでも微妙に残存する微粒子が漂っている。この微粒子こそが、いくら「普通」に努めようともついに「普通」を逸脱してしまう詩人のエネルギーのように思われる。本詩集中で、そのエネルギーをさらに新鮮なイメージで描いたのは次の一節だろう。

「それ」は目に見えぬほどゆっくり回転しながら
無音で日々成熟している（らしい）
進んでいるのか退いているのかは不明
曖昧であることでその座標は安定している
（「それ考」部分）

曖昧であることが安定をもたらすのもまた、詩の真骨頂ではないだろうか。

（スイッチ・パブリッシング、二〇一九年）

ベージュ

2020

年齢を越えた普遍的作品と年齢相応の（達観的）作品の統合から成る新しい型の作品群だ。若さが懐かしさを喚び起こし、老いが新鮮なのは、この詩人ならではの逆説的ポエジーの為せる技か。青春を温存していなければ書けない詩もあれば、米寿にならなければ書けない抒情もある。

比較的最近の作品を中心に集めた詩集の中にあって、唯一「1951.4.4」と、ごく初期の日付をもつ詩「香しい午前」から引用する。

まるで怠惰な川のように僕は静かな雨を降るにまかせている。ある時は暖く、ある時は濁って、
（中略）
しかしある香しい午前、僕は眼を覚ます。（中略）
そしてその上に戦うことを知っている美しい意志が生まれる。

戦争が終わって六年、決して明るくはない世相の中で青春期を迎えた詩人が、自らを「香しい午前」に位置づけることによって、「美しい意志」を固めた瞬間である。この意志が六十年以上の紆余曲折を経て、現在どのように至っているのかを、次の「退屈な午前」末尾部分が示している。

惨めに生きてはいないのに、底に見え隠れする惨めな思いと縁が切れない、そんな風に人間世界はなりつつあるような気がする。

谷川さんにしては直截すぎる嘆息のようにも聞こえるが、やはり詩人は単純ではない。「そんな風に(……)気がする」というのは時代を見据える賢者としての詩人の眼である。

そんな米寿の詩人が相変わらず凝視し続けているのは、青年期から変わらぬ詩の行方、詩の宿命である。

文字でも声でもない詩を
伝書鳩のように虚空に放ってみたい
詩はどこへ飛んで行くだろうか
(中略)
葉の上の小さな虫を
じっと見ているだけで
心が静まるのはどうしてだろう
虚空に詩を捧げる
形ないものにひそむ
原初よりの力を信じて
(「詩の捧げ物」部分)

詩とは何かを飽くことなく追究し続けてきた谷川俊太郎の詩学は、ミクロの世界からマクロの宇宙を逍遥して、最後にひとつの「場」に到達したかに見える。

ここではない
うん
ここではないな
そこかもしれないけれど
どうかな
(「どこ?」冒頭部分)

いささか唐突な連想だが、かつて八十歳を過ぎた小野十三郎が「ことばさがし」の旅に際して用いた子供のように素朴な調べをふと思い出した。とはいえ、これは詩の出発点。谷川作品は最後こう閉じる。

ただじっとしているのが
こんなにもここちよくていいものか
「場」はここでよいとくりかえす
かぼそいこえがまたきこえてきた
きずついたふるいれこーどから

「場」がいきなりことばごときえうせて
うん
ときがほどけてうたのしらべになったとき
わたしはもう
いきてはいなかった
（「どこ？」末尾）

谷川さん、まだ早すぎますよ、と呼びかけたくなるのは私だけではないだろう。
（新潮社、二〇二〇年）

どこからか言葉が

2021

毎月一度、新聞に連載中の五十二篇。冒頭は前口上（挨拶）のように穏やかに、だが、やはりこの詩人らしく始まる。

バッハが終わってヘッドフォンを外すと
木々をわたる風の音だけになった
チェンバロと風のあいだになんの違和もない

どこからか言葉が浮かんで来たので
ウェブを閉じてワードを開けたが
こんな始まり方でいいのだろうか　詩は
（「私事《わたくしごと》」冒頭部分）

前回朝日新聞連載の『こころ』の場合と比べて、より自由な場が与えられているらしく、最初は比較的オーソドックスな生活情景や情感、人生などが歌われることが多いのだが、次第により深く繊細に微妙な詩（魂）の襞へと言葉の触手は伸びていく。一方、主題やモチーフは毎回自在に時間と空間を飛び交うのだが、いつもそこには未生と後生の、また無限に中位の「生」が存在し、詩人はその本質を軽やかに歌いつつ、厳かに静まる。次に挙げるのは、まるで萩原朔太郎の犬の陰画のようではないだろうか。

静かな犬が

私のかたわらにうずくまっている
私の犬ではない
おそらく誰の犬でもないだろう
（中略）
空気が身じろぎする
小川が河に合流する
思い出の花の香り
子どもの遊ぶ声・泣き声

静かな犬は
静かに待っている
次に来る何かを
何の期待も幻想もなく
（「静かな犬」）

まさかビクターのあの犬ではないだろうが（あるかもしれないが）、思慮深げに静穏に来たるべきもの（あるいは詩）を待つ犬は、実は詩人の精神なのかもしれない。
詩集中、最も深刻な位相に詩人の自己像を描き出しているのは次の作品だ。

夕闇に向かって
椅子に座っている
隣の部屋から明かりがもれているが
そこにいた人たちは
もうこの世界から立ち去っている
私は十分に苦しんでいない

私のからだの
いちばん深い淵で
誰かがチェロを練習している
言葉以前の素の音が
私のこころの琴線に触れる
私はまだ十分に苦しんでいない

ことばが先にたって
こころがその後をたどってきた
からだはことばを待たずいつもそこにいた
夕闇が濃くなって
遠い空に光が残っている
悲しむだけで私は十分に苦しんでいない

（「夕闇」全行）

三度繰り返される「私は十分に苦しんでいない」は、死者への謝罪？　愛着？　それとも自責？　卒寿を前にした詩人がなお「苦し」み足りないのは、執拗に詩の粒子を追い求める詩人の性のためだろうか。

歳をとると厚着が重い
コトバを脱いで裸になって
宇宙の風に吹かれたい

（「元はと言えば」末尾部分）

だが、本詩集は、例外的に連載途中で一冊にまとめられたものだ。まだ、続きがある。

（朝日新聞出版、二〇二一年）

虚空へ

2021

寡黙な行脚を用いた十四行詩（変則ソネットを含む）ばかり八十八篇集めた、二〇二〇年〜二一年の新作詩集。「拾遺」とされた数篇は書法がやや異なるので、旧作からだろう。生活に根ざした作品もあれば芥川龍之介風のアフォリズム詩もありと、相変わらず多彩だ。

ソネットといえば『62のソネット』以来谷川さんが頻用してきた様式だが、ここでは、それがすべて、『minimal』の（行脚の短い）様式で書かれているのが特徴。つまり、『62のソネット』と『minimal』を合体した様式だ。

目覚めない朝を
夢見ながら
目覚める
朝

天も
地も
不確かだが

知と
情は
生きている

庭の
ツツジの
真紅の
自恃

（「（目覚めない朝を）」全行）

不眠に悩んだことがないという谷川さんだから、これは不安というよりむしろ安堵の詩だ。不確かな世界の中で確かに生きている意識と、それを彩る花の「自恃」。中には、「手で書き／目で読んで／言葉が／現場／／身を／怠って／心は迷う」（「（手で書き）」）と、創作の現場を簡潔に描写した詩行もあり、「日々の／魔／一瞬の／天使」と、詩の誕生を魔の一瞬ととらえながら「どこで／詩は／成就する？」と、再度疑問形へと開いて（つまり虚空へと投与して）作品を終えている。そんな揺れと躊躇いに苛まれながらも、やはり谷川俊太郎は最後まで谷川俊太郎だ。そのことを現在なお示し続けている作品を最後に挙げておこう。

残らなくていい
何ひとつ
書いた詩も
自分も

世界は
性懲りもなく
在り続け

蝶は飛ぶ
淡々と
意味なく
自然に

空白が

空《そら》を借りて
余白を満たす

（「（残らなくていい）」全行）

作者は消えても詩だけは残る、というのは谷川さんの年来の主張だったのだが、ここでは詩もまた消え去っていいという。その虚空に世界は相変わらず在り続け、「空白」が「余白」を満たす。最後の三行は難解だが、おそらく余白を満たすのは詩ではなく歌なのだ。

（新潮社、二〇二一年）

あとがきに代えて

山田聖士（山田兼士長男）

ある晩、父はいつになく上機嫌で帰宅し、興奮冷めやらぬ調子で、ついに詩人に巡り会ったのだと語った。手元にある父の自筆年譜（杉中昌樹氏発行「ポスト戦後詩ノート」3号掲載）原稿には、「二〇〇〇年（四七歳）（中略）一〇月、大阪芸術大学非常勤講師・田原（Tian Yuan）の紹介で谷川俊太郎を大学に招き特別講義。田原を含めた鼎談での講義は二〇〇八年まで毎年続行。」とあるから、それは二〇〇〇年のことだったようだ。同じく自筆年譜には「一九六九年（一六歳）（中略）宮沢賢治やランボーや谷川俊太郎、大江健三郎、太宰治などを好んで読んだ。」ともある。父はその日、大学の講義の打ち合わせか何かで、田原氏の紹介により、まさに少年の頃からの憧れの詩人、谷川俊太郎氏と初めて会い、おそらくは意気投合し、良い時を過ごして帰ってきたのだろう。当時私は高校生だったが父の喜びようが強く印象に残って、いまでも昨日のことのように思い出される。というのも、その頃の父は数年に亘り近しい人を次々と喪い、多難な日々を送っていたのだ。わずか三年ほどの間に、兄、恩師、二人の親友が亡くなり、本人は胃癌の手術を受け、心身ともにぼろぼろの時期だった。今になって思えば、谷川氏との出会いから父は気力を取り戻し、人生の新たな段階を歩み始めたのではなかろうか。専門のフランス文学研究を継続しつつも、より日本の現代詩へ情熱を傾けるようになり、多くの詩人、文学者と親交を持ち、評論を書き詩を書いた。縁に恵まれ充実した後半生を過ごした父であるが、昨年十二月に永眠し、本書は遺稿集となった。

『谷川俊太郎全《詩集》を読む』は、詩誌「びーぐる 詩の海へ」四十二号から五十六号にかけて同名にて連載していた文章を加筆修正し、纏めたものである。生前ほぼ推敲を済ませ、あとは校正と後書きぐらいというところだった。詩誌掲載時との相違では特に、連載第一回冒頭の「序」に付された全《詩集》の一覧が、最終的に論じられたものと少し違っている。谷川氏の作品発表形態は一般的な詩集のみならず多岐に渡るから、どれが《詩集》であるとするかの線引きには最後まで考えを巡らせたようだ。なお、本書の章立ては思潮社編集部によるものである。

谷川氏は父がもっとも敬愛した詩人の一人であり、その作品論を語ることはライフワークの一つだったから、晩年にこの網羅的な評論を書き終えて、父にとっては成し遂げたという思いがあったことだろう。何かと使命感に囚われたような人でもあったが、間違いなく父の魂は詩に救われていたし、詩がこれからも誰かの救いになってゆくことを願う。そして広く詩人と詩の読者にこの場を借りて感謝を記し、最後に思潮社の皆様、本書の発行に尽力くださった髙木真史様、竹林樹様にお礼申し上げ、あとがきに代えたい。

二〇二三年　秋

山田兼士　やまだ・けんじ

一九五三年岐阜県大垣市生まれ。関西学院大学大学院博士後期課程満期退学。詩誌「びーぐる　詩の海へ」の編集同人を務めた。詩集『微光と煙』『家族の昭和』『羽曳野』『月光の背中』『羽の音が告げたこと』『冥府の朝』『ヒル・トップ・ホスピタル』。著書『ボードレール《パリの憂愁》論』『小野十三郎論』『ボードレールの詩学』『抒情の宿命・詩の行方』『百年のフランス詩』『谷川俊太郎の詩学』『詩の現在を読む　2007-2009』『高階杞一論　詩の未来へ』『萩原朔太郎《宿命》論』『詩と詩論　2010-2015』『詩の翼』『福永武彦の詩学』等。訳書『ドビュッシー・ソング・ブック』『小散文詩　パリの憂愁』（ボードレール）等。二〇二二年、逝去。

谷川《たにかわ》俊太郎《しゅんたろう》全《ぜん》《詩集《ししゅう》》を読《よ》む

著者
山田《やまだ》兼士《けんじ》

発行者
小田啓之

発行所
株式会社 思潮社
〒一六二—〇八四二 東京都新宿区市谷砂土原町三—十五
電話 〇三（五八〇五）七五〇一（営業）
〇三（三二六七）八一四一（編集）

印刷・製本
三報社印刷株式会社

発行日
二〇二三年十二月十五日